NECA

AMARA MOIRA

Neca
Romance em bajubá

COMPANHIA DAS LETRAS

Copyright © 2024 by Amara Moira

Grafia atualizada segundo o Acordo Ortográfico da Língua Portuguesa de 1990, que entrou em vigor no Brasil em 2009.

Capa e ilustração de capa
Alceu Chiesorin Nunes

Imagem da p. 117
Acervo da autora

Preparação
Willian Vieira

Revisão
Paula Queiroz
Eduardo Santos

Os personagens e as situações desta obra são reais apenas no universo da ficção; não se referem a pessoas e fatos concretos, e não emitem opinião sobre eles.

Dados Internacionais de Catalogação na Publicação (CIP)
(Câmara Brasileira do Livro, SP, Brasil)

Moira, Amara
  Neca : Romance em bajubá / Amara Moira. — 1ª ed. — São Paulo : Companhia das Letras, 2024.

ISBN 978-85-359-3852-4

1. Romance brasileiro I. Título.

24-211348 CDD-B869.3

Índice para catálogo sistemático:
1. Romances : Literatura brasileira   B869.3

Cibele Maria Dias – Bibliotecária – CRB-8/9427

Todos os direitos desta edição reservados à
EDITORA SCHWARCZ S.A.
Rua Bandeira Paulista, 702, cj. 32
04532-002 — São Paulo — SP
Telefone: (11) 3707-3500
www.companhiadasletras.com.br
www.blogdacompanhia.com.br
facebook.com/companhiadasletras
instagram.com/companhiadasletras
x.com/cialetras

Não se conhecia no nosso idioma aquela reprodução foto-gráfica das cousas mínimas e ignóbeis.

Machado de Assis, "Eça de Queirós:
O primo Basílio"

que coisa pode ser senão um abominoso travestimento de gêneros [...] *enfim mais um reprovável expermemento da aliteratura contempustânea*

Haroldo de Campos, *Galáxias*

Passada! O ocó, cê acredita que ele pediu pra eu nenar na neca dele? Ainda bem que na neca e não na boca, porque cê sabe que tem. Nenar nenar, mona, que chequinho no truque nada. O negoção é que ele queria, a melequeira toda e ele lá se esbaldando. Se rolou? Oras, que jeito? A chuca feita recém, água saindo translúcida, praticamente potável, e dois minutos depois, não chegou nem a dar dois, olha quando me liga o lixo. Sem xoxação, eu ainda sentada no trono… e o futum de prova, tava só por Deus. Aqüé babado que ele ia me dar, bicha. Uó. E, ó, tentar até tentei. Falei que ele ligou na hora certa, a Dona Nena na portinha quase, um puta dum equê, porque ia sair o quê, né? Nem o champagne quentinho direito teve, quanto mais o coiso que ele queria tanto. Deu só aquele caldinho do édi de ficar forçando, o que salvou, isso e o botão de rosa, o édi c'os beição pra fora e ele lá tascando beijos. Quando o lixo quer, niente, só que, se ele é mais fresquinho e nena ele tá de boa, vixi, é justo com quem acontece...

Cheque faz parte, é do ofício. Prevenir a gente tenta, embora nem sempre dá. Comer, poucos que eu gosto gosto. Nisso, cona é às vezes melhor, porque ativos ficam horas e horas na meteção, não cansam, e uma hora a chuca, mesmo a mais bem feitinha, vence, aí cê faz o quê? Tem bofe que surta, não é cara de nojinho só, não, eles apavoram — *como cê é porca, desse jeito não tem mais como!* Mulher, é o que eles dizem. Essência de flores o que eles queriam ali, acredita? Ali não é bem o que tem, tem é o jantar de ontem. Mas checão deles, parcelado e com fundo, esse ô se tem fundo, aí a gente tem que lidar normal, cheirão babado empesteando o ar e a cara de paisagem do infeliz — *que foi que eu fiz? Que foi que eu fiz?* Nada, bebê, acontece. Não quis nem fazer antes, foi? Não deu vontadinha? Aposto que agora deu. Agora, a minha neca pra ficar didê, que já nem é meu forte, antecipando ainda essa cena uó, o guanto todo melado e eu tendo que tomar cuidado a hora de tirar daquele edi que já nem tem mais prega, haja imaginação!

Bicha, às vezes cê faz umas caras. E "bicha", não é que eu tô te xoxando, não, viu? É pajubá, a língua das bicha, aqui é tudo travesti. Só ficar aqui por um tempo e cê já vai catando. Eu nem penei tanto, acho. Acho que só fui indo, ouvindo, parlando aqui um pouco, um pouco outro ali, igual quando eu tava em Madri e tinha que dar o truque no castelhano — *sôi brasilenha, carinho, te gusta?* Las mariconas se quedavam doidas com a gente. Doidas. Lá, aqui, onde for, o povo é tudo doido, não é só dar ou comer que eles querem não, querem também cunete. Olha o que eles têm coragem, mona, tascar a linguona, e aí eles fazerem, ok, pó cavucá à vontade, boca é sua, mas e a cara de pau de perguntar se eu faço? Arrepio só de pensar, aquele edi suado, cheio de pelo, nena e ofofi gritando, só os tarzanzim dependurado: *Uôuôuôuô!*

Aí oral querem sempre, sempre sem guanto, aquela neca uó, último banho sabe-se lá quando, e que a gente ainda chupe se deliciando o sacão peludo, pelancudo dele (afe!). Fora o leitinho na boca, a minha, e todos, todos, parece até ensaiado — *confia em mim, sou casado, doador de sangue.* Sei. Anel no dedo até tem, mas o de trás já virou pulseira de tanta neca que rodou ali, a maioria no pelo, aposto. Conheeeço. Edivaldo, Edivaldo, cê não me engana nada: fui brincar ali com o dedinho, conhecer o terreno, um, dois, um, dois, e ele quase engoliu minha mão. Só imagina a necometragem do lixo! Depois vem se arreganhando pra cima de mim, querendo pôr sem, ver se eu deixava entrar, a maricona toda desentendida — *quês que cê? quês que cê?* Senhor, como eu odeio essas trucosas malditas!

Viu? Eu arranho um françoá vez ou outra. Sivuplê é obrigada... não, não, obrigada é merci, e merci bocu é grátzie mile, tá, meu bem?! Aí como anda le vi, quase igual português, je tâm, bom, je tâm tuti lo sano, trê biâm, bonsuá, zé fini. Sivuplê hó dimenticato, mi scusi. Te digo assim que lembrar. Tudo o que aprendi foi na rua, igual o bajubá. Antes eu falei "pajubá", "pá"? Eu? Bicha, cê tá ouvindo coisa, isso sim. Qual o jeito certo, eu, hein... ensinam isso na escola, agora? Sim, deu no Enem, o Bozo ficou louco, ô se eu vi, mas daí a professor com livrinho, a gramática lá dele, fazendo a gente copiar com "pá" ou "bá", as travestir tudo sentada na carteira decorando, já pensou? Bajubá se aprende assim não. Se a bicha ouve com "bá", fala "bá", se com "pá", "pá", ou como der na telha. Comunqüe, ma dove era io?

Uí, uí, françoá, savá. Meu sonho, ir pra Parri. Me viro onde me puserem, gata, adoro um close. As bichas são rodadas, vão pencas pra Europa. Portugal nem conta. Espanha, Itália, França, quase nossa segunda casa. Inglaterra e América (Estados Unidos é assim que diz... fico besta, cê diz "América", é deles que cê tá falando, Latina aí é o que sobra), nesses dois já não tem tantas, porque é mais difícil entrar e a língua é babado, igual alemão, mas ainda assim tem umas. A gente tá em todo lugar, só olhar site de anúncio e nos classificados.

Produto de exportação não é só futebol, nana-não, acho que travesti é até mais. Também, belíssimas. É abrir o jornal na Itália e cê já vê *il viados* na primeira página. Ó lá a palavra na boca do povo, deve tá até no dicionário. E o pior (quer dizer, melhor, porque eu amo), se um bofe lá diz que tá de casinho com uma brasiliana, na hora, na lata, *ma é transessuale?*, perguntam. Falou "brasileira" na Itália, rá, já imaginam que é mona. E, se for, eles não têm vergonha, não. A gata conhece a família, janta fora, anda de mão dada, o retetê que toda travesti sonha. Ainda falam *qüesta é la mia dona* pra quem quiser ouvir, viu? Tudo homem hétero, homão que nunca se envolveu com gay, bicha.

E tem mais. Lá cê pode ser nada mapozada, zero, a voz grossa, o xuxuzão berrando, mas tá de picu, vestidinho, botou um batom, pronto, é lei pra lá, lei pra cá, ali ela é lei. Quanto mais necão, mais lei, aliás. Não fosse um bando de vicioso, tudo querendo necão e sem guanto, era o paraíso. Oras, na Itália, o babadinho reina. Pior que aqui? E como! Pensa cona pagando em euro, aí cada pai branco ruivo necudo com sardinhas pedindo com jeitinho senza, a bicha doida pra engravidar, fora o padê babado, puro, não esse pó de gesso igual tem aqui. Um descuido e cê já tá com a tia, todo dia colocada, taba pra dormir, padê pra levantar da cama. Bicha, ou eu voltava da Europa ou era baubau. Dava pra mim mais não, voltei.

Se lá eu fazia sem o quê? Pegê? Passada, mona, a senhora quer me matar, né? Pele na pele é tia, faço a recheada não. Hoje nem namorado, pior raça que tem. Os ocós agora adoram tudo sem plástico, dão o truque, insistem — *mas eu te amo!* —, e, se você não topa, ainda tem que checar sempre que escapole a neca, senão eles tiram o capuz e cê só cata quando já tá dentro o recheio. Ó o problema de gostar de ocó. E aí é ficar pê da vida, esse é com certeza pê, esfregar a fuça deles no asfalto e correr atrás de exame e jujuba no hospital.

Se a bicha deixa no pelo, oras, a escolha é dela, o edi e a neca é de quem? Então, não julgo. Mas não deixa de ser uó, ocó que não sabe o que quer e começa o nhenhenhém logo que diza a cláudia. Aí se arrepende, chora, lembra dos filhos, a esposa em casa — *ai! não pode ser, que foi que eu fiz?* —, pergunta se cê tá limpa, fez teste quando — *mas cê jura?* Cê jura. E o que eu mais canso de ouvir é — *tô limpo, gata, sério, primeira vez que eu saio com travesti.* Pra riba de moá, viado, se manca! É como se, só por ser travesti, a gente já tivesse e o bonito nunca.

Gente podre. Primeira vez, primeira vez... Pior quando o lixo esquece e, na segunda ou terceira vez que te vê, vem com esse equê, né? Aí junta o que quer desconto porque acha que tem necão (dezessete é necão, mona? Fala pra eles) ou porque acha que te trata bem. Tá boa! Ivona ainda dá pra ter mais controle, só falar "não!" e fazer aquela cara que elas morrem de medo (morrem, mas voltam sempre! HAHAHA). Adoro gongar maricona. Pior, tem umas que engana, até parece ocó, malão e tudo, aí cê vai na pira dela te tchacatchá, já arrebitando o edi, mas é piscar e, Jesus, ela atacou sua neca. Vontade de dar na cara dessas sebosas.

Teve uma vez, aquela necona odara, Amara do céu, que queria só dá. Que dá o quê, ô! Vira esse edi pra lá, vem cá com essa necona agora. Atórom! Ôxi, ôxi, misericórdia, a cona bibíssima, a neca dela duríssima, queria dá, deu, mas não sai sem me comer, eu disse. Foi uó achar posição que entrasse, não tinha como, como que não? Glória e perdição desse edi, aleluia! Dei o nome. Desespero é o nome. Foi-se o tempo em que apareciam aqueles bebezinhos superativos, hoje tudo maricona larga. Argh! Bofinho querendo fazer a garota. Marombeiro então, fico bege. Perderam a vergonha, já chegam e a primeira coisa é perguntar o dote. E é podre pra minha carreira, porque a minha neca nem dura, dura ela fica.

Carreira, carreira de puta, se for. A gente sonha tanta coisa, tanta, quer ser astronauta, cientista, bombeira, que criança não quer ser bombeira, bicha? E então vira travesti e vai ter, sim, fogo pra ela apagar, pencas, mas não aquele que ela imaginava. Daí, em vez de pilotar o caminhãozão vermelho uen-uon-uen-uon, apontando a mangueirona, xuááá, prum prédio em chamas, quenda a heroína aqui ralando, batalhando pra apagar o fogaréu no édi dessas cacuras. E não fosse a gente, ai, ai... O casamento delas, conta, quantos ainda não tão de pé pelo trabalho aqui das bonecas, hein? Fica a questã. As bonitas vêm cá, sentam até cansar, gozam e saem renovadas, direto pros braços das queridinhas mapôs. Só cosi pra aturarem a esposa em casa. E vice-versa, verdade. Pior. Com esse povo tudo dizado do ori, a gente virou pilar da sociedade, a própria sustentação. O Brasil, na minha opinião, só não empaçoca de vez por causa nossa. Não tem remédio, droga, psicóloga que faz o que a gente faz, não. E pode escrever: pelos serviços prestados, um dia vai ter estátua pras travestis. Duvida? Questão de tempo, ainda mais agora que tem mona até deputada. Quer dizer, deputrava. Vrá! O deboche das deusas. Pois você aguarde.

Falando em sonho, te contei o que eu sonhava eréia? Médica nada, irmã, que memória. Aquilo era o papai, ele que me mandou prestar — *Olha aqui, quer se vestir de mulher, ok, mas vai fazer faculdade*. Pai, né? Não expulsou, a gente já fica feliz. E era alibã, alibã cê sabe, né? Escrivão de polícia é alibã, pombas. Tinha até arma. Me aceitou lá do jeitão dele e pelejou, pelejou pra eu continuar estudando. Encasquetou com a Unicamp, queria eu na Unicamp, pensa, ainda escolheu medicina. Prestar é que isso não ia… magina se a musa passa? Dar, dava. Eu era nerdinha, tinha só notão no colegial, brinca aí, vai. Amada, a gente podia ter se conhecido na universidade. Mas era médica o que eu queria não, ainda mais depois daquele dia uó.

O dia da prova, isso. Bicha, que que foi aquilo? A homarada nervosa, tudo de ojum na mona cáisme. Fui esplêndida, também. Não era ainda assim passável, catavam que eu era trava, uma travinha início de carreira querendo fazer prova. Apenas. Acha que deixaram? O xaxo já começou na porta. Nome social coisississíssima nenhuma. Era "Simon" pra cá, "Simon" pra lá, falavam alto, um cutucando o outro, apontando, rindo… a musa ia fazer prova como, diz? O nome em si, assim, foda-se. Posso não gostar, mas é eu também, em algum grau. O croco só quase batendo as botas foi falar meu nome. Na utizona internado, um tumor babadeiro no cérebro, aí que ele por livre e espontânea vontade soltou — *Agora é filha, né? Perdoa o pai por não te chamar assim antes.* Seu Raimundo, seu Raimundo, que perdão o quê, o senhor é meu pai! Tem que pedir perdão nada, não. Ó a lagriminha lembrando... a dor aqui, essa dor, vinte e tralalá anos e cadê que ela passa.

Tivesse que escolher, mil vezes ele vivo que, juro, chamando eu de "filha" ou sei lá que catzo. Em casa eu nunca cobrei, deixei ele ir no tempo dele. Mamãe ainda hoje é só Simon, pra você ter ideia. A Simon, pelo menos, e ai de mim se reclamar. É de uma dupla, acho que ninguém mais conhece. Mas era tocar na rádio e a calcinha dela melecava toda, ela é quem dizia. Papai parecia meio o fulaninho lá, aí mandava o trucão cantando *Hello, Darkness, my old friend.* Ele cantor? De chuveiro, profissão uma pinoia. E, bicha, o ênglichi dele, cê visse, nossa, que vergonha... mas como o papai era a cara escarrada do ocó, quem disse que isso importava? Mamãe gamou, engravidou, aí que foi que ela fez? Inventou esse Simon uó pra nome do filho, eu no caso. O caso é que os dois logo depois brigaram, beijo, cada um pro seu canto, e foi a croca e eu prum cafundó nível medieval, nem luz elétrica direito tinha. Meu nome era atração de circo lá, o Oscar. E, já que bicha nunca pena o bastante, era ela olhar pra mim, lembrar o croco e vinha o chororô babado. Quando ele descobriu o tumor é que se acertaram, eu indo pro colegial. E ela cuidou dele até o fim. Então, sim, tenho ranço de Simon, ô se tenho, mas é só um nome. Na prova, a tiração é que me pegava.

Até pra ir no banheiro, afe! O masculino, lógico, anos 90 nem existia essa história, fora o barroco asqueroso me revistando quando eu pedi pra ir fazer xixi. Carão de maníaco enquanto me revistava, meio com medinho de verem, meio com tesão de eu ter caído justo no colo dele, aí a casquinha ele ia tirando, né? Mapozada a bicha ainda não era, o povo batia o olho nela e via, mas minhonzinha daquele jeito, um senhor popô, o peitinho do hormônio marcando a blusa, pronto. Como ninguém tava olhando, a mão boba comia solta, escorregando pra bunda, entrando entre as pernas, até roçar na neca ele roçou, e eu ia reclamar pra quem? Ia fazer dezoito dali uns dias, uma bebezinha, mas viam em mim uma trava e bastava. O ódio que eu senti, mulher, quase chorei. Foi depois de puta que aprendi a lidar com lixo, ali ainda não era afrontosa. Só não dei meia-volta porque tava trançando as pernas de tão apertada. Não tomei mais água a prova inteira. Banheiro agora só em casa.

Bom, mas daí a deitar praquele lixo, cona da pioríssima espécie (mona, radar da gente não falha), jamé, Salomé. A vontade era mijar aquele banheiro todo, parede, pia, papel higiênico, arrasar na chuva dourada, mas capaz de eu acabar presa. Capaz não, certeza. Melhor fazer só um pipizinho bem lady (óvio que em pé... um banheiro desses, sentar, cê tá é doida!) e voltar logo pra prova. Ela é que ia ver meu close, a vingança doce era eu botar meu nome na lista de aprovados. Saía no jornal, lembra? Letrinha miudinha pra um mundaréu de nome e, no meio deles todos, "Simon Gomes do Nascimento". O viadinho que xoxavam na escola era o quê agora, hã? Calouro da Unicamp. Se eu conseguisse, bicha, ixe, ia ter até programa de TV querendo me entrevistar. Primeira travesti lá, será? Teve outras antes? Eu dezessete pra dezoito, então era noventa e quatro, o ano no finzinho. Só que, calma. Primeira fase ainda e eu mal tinha começado a prova.

O profe único que gostava de mim naquele colegial infernal era o de literatura. Ele que me protegia nas aulas, dizia pra eu não estressar, que um dia a tiração acabava, o problema tava é com eles, não comigo. E eu jurava que era por pena o que ele fazia, mas, hoje, olhando bem — não que se aproveitasse de mim, isso nunca, era um gêntleman... é assim que fala? Nada, nem ficar encostando, nem conversinha esquisita, convite pra sair, ir sei lá onde, fazer sei lá o quê... repito, ele era um gêntleman. Mas as coisas que ele sabia, ó, sei não, às vezes, acho até que era trava incubada. Ou, pelo menos, gay. Quer ver? Um velhinho fragilzinho que só, barbão, tudo nele a prima vista parecendo hétero, mas, no intervalo, o olhinho dele brilhava me contando os bafão desse seu povo escritor, todo mundo que tinha um pezinho no GLS. Eu jurando que, no vale encantado, tinha uns dois, três autores no máximo, e ele, só na lista de obrigatórios, da sua queridinha Unicamp, sim, tinha encontrado mais. Equê de Mayara, eu pensava, mas o doido é que ele provava. Dava o nome de uns fora da lista pra eu ir atrás, biblioteca municipal, às vezes era só lá que tinha, quando tinha, e olha eu tomando gosto por ler, por estudar. Desses que caíram, pera, deixa eu puxar pela memória quais.

Quer saber, vou é fazer logo um quiz... vê se a doutoressa andou mesmo estudando. O viado é pronto? Lá vai. Esse primeiro era conhecidinho, escrevia poemas romanticões bem cafonas, insuportáveis, só que também pirava numa necrofilia, num canibalismo e, opa, numa boa historinha de incesto. Vai vendo. Pois deu a louca na bicha no Carnaval, saiu toda montada, CDzíssima, e não é que me seduziu, quase levou pra cama o noivo, Conde não sei o quê, da irmã, da própria irmã? Tinha obsessão na soréla, era quem a criatura tinha vontade de ser (que poeta famoso nada, o sonho dele era ter nascido mapô), aí a borboleta querendo sair do casulo juntou com o ciúmes doentio que ele tinha e olha o que aprontou a bicha. Coisa de uns duzentos, trezentos anos atrás, antepassada pré-histórica nossa, a podridão já gritando no sangue. O nome, esse eu vou ficar devendo, mas busca aí poeta cafona, mórbido, obcecado na irmã, CDzinha. Não deve ter tantos, acho. Ou procura os livros da Unicamp lá, prova de noventa e... era quatro que eu falei, né? Certeza que esse do incesto tava.

Mas esse ejó do Carnavalzão, quem deu com a língua nos dentes, aí eu sei muito bem quem. Tirou vários amiguinhos do armário o distinto escritor, mas ele próprio, ó, neca. Preferiu ficar lá bonitinho, tão escondido que até hoje fazem a egípcia pros passeios dele pelo lado B da existência humana. Lado G, no caso. Alibã fazia o edi dele piscar, dizem, e ele tem muito poeminha maroto louvando no truque os guardiães da lei. Mas uma bela carninha xófen, afe, depois dele já cacura então, quem disse que ele descartava... erê que tinha a neca bem ganhava até versinho, ó, qüenda:

Tudo o que há de mais belo e de mais raro
vive em teu corpo nu de adolescente.

Esse romantismo, ai. Já sabe quem é, né? Rá, como cê não advinhou ainda! Tá, uma pista, o sobrenome da mona é Andrade. Opa, em pessoa. Passada que você, logo você não sabia a prostiputigaliranha que essa senhora era... a musa dava bandeira pencas! Tinha até, acho, entrevista, algum lugar eu li, dele falando a música que ele mais gostava. Gata, cata aqui qual: a do cinto de um alibã batendo, plá, quero ver cê adivinhar onde. Ui! E era fraquinho não, ele queria a marca, pra lembrar batendo o seu belo bolinho depois. Pois agora, a hora de dar aula, a senhora já sabe o que que precisa ensinar.

Ele era mais um daquela listinha obrigatória, *Amor* alguma coisa o livro. Tive que ler, quer dizer, tentar, porque vai ser chato assim no inferno. Em vez de cobrar o conto gay dele, onde ele mostrava l'amore que fazia ele ficar didê (saiu só depois dele morto... único que sobreviveu, porque devem ter sumido vários), não, em vez desse conto, mandam justo um romance dele fazendo a hétera. Querendo, né? Porque quem lê sabendo a mary descarada que ele é já bate o olho e cata. Acha que ele chamava Mário à toa? Tá boa! Tive paciência pra esse *Amor blá-blá-blá* não, guardei quase nada da história. Pai que contrata uma alemã, era isso, não? Então, professora, só que não pra ensinar língua, queria é pra ela iniciar sexualmente o filho... diz se eu não tô certa. O mocinho devia tá demais, desmunhecando horrores, o croco ficou preocupado (quem sabe ele próprio não cresceu lutando com a coceirinha perigosa e tivesse medo de desenvolver no filho o vício). A dúvida, aí, é se o autor se via na criança, que não podia ser viada em paz, ou se isso era só o que ele queria que tivessem feito com ele. Dos dois jeitos, uó.

Nem pra escolherem o *Macunaíma*, outro que adorava se lançar de cross. Cross, sim, e pensava que tava arrasando, ele lá de francesa, mapô perfeita, todo mundo caindo igual pato. Eu amo... ocó quando se monta, ó a fantasia na cabeça deles. E a gente tem que dar corda, ainda mais pegê. Chega aquele armário que só de olhar cê já treme, a criatura dois metros de altura, só tenta imaginar qual a vontade dele. Mona, é batata, ocó assim, esses são os que mais vêm se montar. Posso bater o olho e pensar, já sabendo que tô sendo alice super, *ai, esse hoje veio escangalhar o meu édi...* sonho meu, sonho meu. A diferença é que fantasia minha fica guardadinha na cachola, ali o que o cli quer é o que importa. É montação? Bora. E ainda faço ele acreditar que é justo o que eu tava atrás. As bichas ficam mordidas comigo, dizem que eu acostumo eles mal, que eu como, deixo usarem calcinha, salto, aí depois querem que elas também. Não quer fazer, mona, simples, não faz, agora vim cortar a minha linha, água de pato, xocotô! Vou ficar aqui batendo calçada, penando, pra faturar só essa mixaria uó, em vez do aqüé babado que os ocós pagam pra eu realizar o sonho de Cinderela deles? Me dispiate, viado, ma qüi é do lado dos clis que eu fico.

Meu princípio é: quanto menos eu tiver que comer esses edis podres, ou dá pra minhoquinha deles, que às vezes nem cosquinha faz, melhor. "Pagando bem, que mal tem?", o lema das boas putas. Umas são, outras jamais serão, selavi. Daí o que deixou elas com mais ódio foi o dia que eu montei um lá e levei ele de CD pro pistão. É puta que ele queria ser, é? *Mas vai ter que ser puta mesmo e ainda vou te cafetinar*, falei. Acha que ele arregou? Querida! Pediu pra descer comigo e o lajô todo que ele fizesse, além do que já tinha dado, é claro, ia direto ó pra quem. Mas as bichas iam chiar, ô se iam. Né, porque vira um circo. Esses que buscam montação, não tem sequer um que leve o mínimo jeito pra trava. A perna e o bração cê olha, aquela Mata Atlântica babadeira que a de quinhentos anos atrás, o debuto del Brasile, ia é ficar com inveja. E depilar, que depilar o que — *áin, minha mulher, o trabalho, o que vão pensar, áin, num sei que lar*. Tá, amor, non preocuparti, deixo cê linda igual. Truque, né? Porque ainda tem o xuxu que não importa quanto reboco ponha, aí a mãozinha delicada deles, a voz finíssima, sem contar a elegância, a feminilitê... mona, é ver eles de salto e cê pensa *Praça É Nossa* na hora. Levei uma vez só pro pistão e néver mór. O olhar de ódio das gatas, elas achando uó aquela palhaçada... a gente, se não vazasse logo, ia ter é que se preparar pro doce.

Só que, aí que tá, tem um ser franquistém ali davante a te, cê vai falar que ele tá tenebroso, a coisa mais feia que cê já viu na vida? E ó que cê já viu coisa, hein? Oviamente no. Motel é lugar de entrar na mente das clissianes, sabe? Ligar o modo *tudo pode ser, basta acreditar*. E nem precisa muito, é dizer o que ele tá implorando pra ouvir e pronto — *nossa, tá todinho uma mulher... na rua, vão te confundir com mulher, certeza*. E ele: *Jura?* E a bicha aqui jura, o dedinho escondido atrás fazendo figa. Tipo a poeta romântica que se montou, do Carnaval, porque olha aqui pra minha cara, quem que ia cair naquela presepada? Mais fácil o Conde, noivo xis lá da irmã, já ter provado a fruta e gostado, aí foi no embalo. Isso se não era só xoxação, e a deusa no multiverso dela se sentindo a belíssima. Tem travesti assim também, né? Vero. Muitas cê olha e pensa: *é o Vitor Belfort de peito*, a cara todinha de ocó, de costa é duas geladeira Brastemp (vai lá xoxar, vai), mas a bicha pôs na cabeça que é mapô, hiperpassável, então é, oras. Falo nada, só óleo, como elas dizem... HAHAHA. O médico mandou não contrariar.

E a mesmíssima coisa com a Máryo. Ó lá ela se soltando, escrevendo, dando cada vez mais pala, mas crente que a passabilidade hétero dela tava abalando. Parece a gente saindo no truque do armário, bota um pezinho fora, testa, aí volta pra trás, recomeça e vai nessa até desistir ou te tirarem à força. Queria e não queria que vissem, mas quando os múi amigos cataram, nossa, fizeram com ela a taigra, aí piada com os poeminhas de soldado, com as cartinhas pros jovens poetas, fora os ejós que hoje a gente só pode imaginar. A gata ia fazer o quê? Teve que segurar o facho, pelo menos parar com essa borboletice toda. Aí ela, já que assumir nem pensar, resolveu brincar de X9 com as coleguinhas, em especial as que iam reclamar como, né? As coitadas lá na paz dos cemitérios, santas heroínas da literatura, e agora os podres delas tudo sendo desenterrado.

Acha que eu descobri como da CDzinha obcecada na irmã? Ah, é, Álvares de Azevedo, lembrei. Sem dúvida, ele sim. Meu bem, ou a Azeveda era uma CD babadeira ou eu que não sou travesti, simples. A gente fareja longe. Ele tinha um poema famoso, desses bem deprês, "se eu morresse amanhã"... putz, eu sabia de cor. O profe dava ponto pra quem decorasse, e eu gostava, decorei assim vários, mas a memória da bicha hoje, afe. O comecinho, 'tcho ver, acho que...

Se eu morresse amanhã
viria ao menos fechar meus olhos
a minha triste irmã?
Minha mãe morreria de saudade,
se eu morresse amanhã?

Morbidão, né? Falei. Mas o ponto é que desde que descobri os fetiches dele quais eram, fico imaginando a Azeveda de calcinha a hora da morte e a soréla, cúmplice, conhecendo o irmão que tem, já vindo correndo sumir com os vestígios do crime. Eu não duvido. Porque ele faz questão primeiro de falar da irmã. Não é namorada, amigo, não é nem mãe... mãe ele diz depois, e eu não acho que seja mero acaso. Até essa vontade doida de morrer que os românticos pencas escreviam assim, mas no caso dele acho que a coisa ia um tiquinho além. O bichinho sofria, pô, época punk, nem CDzinha dava pra ser fácil.

Só que esse poema na mão da Mário, vrá... que que ele não virava. Mulher, ia ter nada de irmã rimando com amanhã, não. Que que ele, mais que qualcosa, amava e rimava com amanhã, hã? Ora pois. E o olho que ele ia querer fechar, ainda mais a vez ultiminha antes de dizar pro oló, nada a ver com esse lá da Azeveda. A Azeveda é bem capaz que foi dessa pra melhor virgem, mas a Mário? Essa deu e não foi pouco. Eu que não estranharia encontrarem a letra dela num papelzinho solto escrito, deixa eu pensar... ó, sugestão, vê que que cê acha:

Se eu morresse amanhã,
viria antes comer meu édi
um lindo alibã?

Isso se já não encontraram. O próximo verso, daí, podia até ter um "buzanfã", mas esse tenho que bolar ainda. O profe falava que ela era pan, qüenda! Isso, sexual, pansexual, a Mário, e eu *ah, tá*. Só se for aquele PAM das bichas, com o emão de Passiva Até a Morte, aí quem sabe. O pessoal força uma barra pra dizer que ela gostava de mapô também, hein? A Mário lésbica, imagina.

Prendi a gostar de homem de calcinha assim, primeiro com a Azeveda roubando roupa íntima da irmã, depois com a saidinha da Mário, ela se aprontando pros guardiães da lei, aí com o tempo foi virando vício e quanto mais machão o ocó, qualquer ocó, mais eu pirava botando uma calcinha nele. A cena vinha do nada na minha cabeça e quem dera só escritor, quê! Aula de história, quem eu amava fantasiar assim era a Cabral, ela com a trupe toda arrivando e, baixassem a calça dela ali, ah, meu bem, duvido que era só a calcinha de estranho o que iam encontrar... com aquela renca de neca índia balançando bem diante da fuça dela, eu ia ficar zero espantada se a Cabral, além de tá de calcinha, ainda tivesse didê. Pelo menos eu estaria, ia saber nem onde enfiar a cara. Claro que podia ser pelas bundas lisinhas deles, não era só neca à vista, io lo só, mas a Cabral acho que tem mais jeitão de ivona.

A hora do navio voltar, teve inclusive um ocó dizando pra mata ou tô bem doida? Pois é, ficou, e a causa cê acha que foi qual? Depois de ver aquele paraíso de edis e necas (e até rachas e apetis, se era o que ele tava atrás, embora eu duvido muito), que mané marinheiro. Ter que encarar pirata, passar fome, sede, apanhar, fora a Igreja loca pra fazer espetinho de biba na fogueira, sendo que agora ó ele lá peladão igual Adão e Eva, a fruta proibida podendo ser degustada em paz... o estranho é unzinho só ter fugido. Dava pena de morte, será? Matavam? Talvez. Amara, eu devia ter prestado história, aí sim. História ou igual a senhora, letras, porque o abalo que ia ser nós duas, bicha do céu.

Ó, outro que eu adorava era o grito de "Independência ou morte!" do d. Pedro, o ocó com a calcinha socada no rego e, no que empinava o édi pra erguer a espada, adivinha? Á lá a pontinha da dita-cuja gritando, *olhem pra mim, olhem*. Esse homão, assim todo machão, se eu pego ele de calcinha, ó, digo nem o que eu faço. Só esses que eu gosto. O livro de história tinha a pintura famosona e lá, lógico, ficou de fora esse detalhe, só que a cena, essa máscula da espada em riste, paresque nunca existiu. O grito nem no cavalo foi, foi no trono, trono que basta tá vivo pra ele uma vez por dia te fazer virar rei. O Pedro I, dizem, deve ter ido até mais, com o patati patatá do capeta que aquele dia ele tava. Invenção por invenção, fico com a minha.

Agora um nada a ver com história era o papa, cansei de imaginar o papa, ainda mais que ele tinha acabado de vim pro Brasil. Todo um simbolismo, né? Muita bichinha eréia, pra poder brincar com os vestidos da mãe, dá o truque de tá imitando padre, fora que Igreja é o antro das GLS — quem não era a hora que entrou vira num piscar. Uma conhecida é quem contava. A bicha, belíssima, chegou quase a ser padre, morou no Vaticano e tudo, aí viu que reinava a podridão lá, ela se reprimindo à toa, deve ter pensado, *quer saber? Chega*. Jura que saiu do seminário pura, nem bolo a coitada batia. Só que o atraso ela tirou com juros e correções. O babado é a fé, que a dela continuou igual. A gente cansou de rezar terço juntas e não tinha Natal que ela não soltava o vozeirão num *Salve, Regina, máter misericórdie*. Sim, em latim, um anjo cantando, as bichas se emocionavam pencas. O mais perto de santa que eu conheci foi uma travesti puta ex-padre, eu tô choquita. Mas, afe, era do papa que a gente tava falando, que que eu dei essa volta? Agora eu gostava de pensar o papa à la Marilyn, o ventão batendo, a batina dele voando e ele em pânico com a bonita querendo dá as caras.

Eu gostava, oras, e como explicar por quê? Sei lá, a neca ficava didê e pronto, achei até que eu tava meia tantã. E cabou que dei sorte, já que na rua o que mais tem é cli querendo vestir calcinha, a nossa calcinha. Hoje, ainda mais com essa história de dominatrix, machão que quer me servir tem que ir de calcinha pro trabalho, ô, e mandar foto provando a hora que eu disser. Rédea curta. Comigo ou ele anda na linha ou eu multo sem dó. Faz a podre com os empregados, mas passa o dia com a calcinha da dona — detalhe, calcinha checada, pro perfume divino do meu édi impregnar fundo na pele dele. Isso quando eu não ponho na gaiolinha e tranco ele um mês sem gozar, mas aí é conversa pra outra hora.

E ó, de vorta pra literatura, não foi só da Azeveda que a Mary Cona de Andrade falou. Ela tem livro com capítulo inteiro pra falar apenas da literatura gay. Com essa palavra, "gay", juro, e ela usou várias vezes. Tirei xérox desse capítulo, porque falava de um outro do vestibular, um que o profe queria de qualquer maneira que eu lesse, aquele do internato. Tem livro com esse título, não? *O internato*. Pensa um livro uó. Agora pensa um mais uó ainda. Tê, tinha uma quebraçãozinha de louça, os erês xaxando no truque, até uma trava mirim mandando cartinha de amor (e o diretor da escola em pânico), mas o livro era tão, mas tão uó que nem vontade de chegar no fim dava. Bicha enrustida, já que sofre por não poder se assumir, a vingança dela é fazer a gente ler essas coisas tediosas. Tô mentindo? Cê leu, cê sabe.

Só tinha uma cena que salvava, uma que quero ver pra eu dimenticar. Os bofinhos fáinali indo pro oba-oba, u-hu, só que nem tudo eram flores. Perquê? Bom, perquê o bonitão padrão tinha uma necona odara, mas de brinde vinha a dona Gona. A beleza que fica a neca… écati, aquela gosmona amarela saindo, a dooor, ai que aflição. Ô se já tinha gona, acho que dês da Bíblia. Um século atrás, dois, o que não tinha é guanto… guanto e a bezezinha bendita, né? Ou seja. Daí a pergunta que fica, ali uma pessoa normal faria o quê? Eu ia querer nem saber, corria de lá na hora, no mínimo falava *então deixa*. Só que a gayzinha, não, gamada como ela tava, encucou que tinha que provar a neca, e a gona dane-se. O padrão, com tesão, topou mas ficou lá estrebuchando de dor (óssa se dói, uó até pra fazer xixi), e a gayzinha cuspindo pus e porra depois, mas feliz da silva, disso não tenhamos dúvidas, certeza.

Morta, primeira neca que ela chupou na vida, viado é babado pra atrair azar. Ô, seu Mário, isso sim é amor! A imaginação que essas homossexuélens têm, hein? Eu só espero que não seja história real. E tudo adolescente, os bandidinhos já tocando o terror desde cedo. Que equê, mona, depois busca, como é... *Antologia do amor maldito*, isso, e cê vai ver. Título podre mas cê desacredita, a literatura brasileira mais babadeira inteirinha, aquele conto da Mário e esse do internato em destaque. Achei sem querer, o livro perdido numa estante xis lá, esse nem meu profe conhecia. Detalhe: biblioteca pública, né, aí a ficha no final do livro com o nominho de todo mundo que já pegou e, no caso, qüenda... única corajosa que assumiu que leu fui eu.

Bom, teve a Azeveda, aí teve a Mário, a chatonilda do internato, acha que acabou? Sonha. O próximo que caiu era um português perturbado, outra Mário, amicíssima da Fernanda People. Não fosse a repressão, esse certeza que ia ser CD. Se é que não foi. Uma vez, eu e umas bichas dando o nosso belo close em Portugal, a gente topou com uma livraria chiquetosa. Falei: *andiamo entrare?* Queria mostrar um bafão pra elas e elas, *andiamo.* Pensa o alvoroço, o povo parecia nunca ter visto travesti de perto, ainda mais várias, e era a livraria mais metida a besta do Porto. Só que Europa não é Brasil, lá ninguém põe pra fora só por ser travesti, aí a gente entrou e eu, fazendo a linha meia madame, meia estudantessa, perguntei se tinha as poesias completas do senhor Sá de Carneiro. Tinha que ser as completas, senão dão o truque e tiram justo a que eu queria dele. Fica lá bem no finzinho, última que ele escreveu antes de se matar, bilhete de despedida, tipo. "Feminina" é o nome.

A poesia, eu tinha todinha ela de cabeça, o livro eu nem sequer precisava, mas as bichas, só se vissem no papel, impresso, iam acreditar, então tó. Fui declamando sem ler, elas de olhão no texto, em choque, e, quando acabei, mona, a livraria inteirinha de butuca ouvindo. Até palma bateram pra interpretação. O pior foi o vendedor, ele incrédulo vindo pegar o livro e repetindo igual disco riscado — *Mas que paneleiro, que paneleiro do caraças!* Paneleiro cê sabe, né? Viado, ô se tem que saber. Cê morou lá. Bom, resumo da ópera, era um poema explicando tim-tim por tim-tim o porquê de ele querer virar mapô. E por que a vontade? Então, dizia ele que pra poder ficar horas e horas olhando as pernocas lisinhas branquelas dele próprio sem ninguém estranhar, aí também pra ter uma cacura só dele e ficar noite e dia multando a coitada (percursora, meu bem, ó quem criou o sugar daddy), depois pra ficar em público se maquiando, fazendo a linha belíssima "nas banquetas dos cafés", e último motivo, anfã, pra poder trair

> *o amante predileto, o mais esbelto,*
> *com um rapaz gordo e feio de modos extravagantes.*

E tá desse jeitinho escrito, viu? Única parte que ainda sei de cor. O gozado é acharem que isso tem alguma coisa a ver com travesti... isso é a pura mentalidade CD, aqui ele abre a alma de CDzinha safada, aí sim. Vivesse hoje, tava nos apps de pegação ou até num chat UOL da vida, fazendo a alegria dos Ubers, dos entregadores do iFood.

E nem foi esse livro o do vestibular, era um pior, se é que tem como. *Confissão* não sei o quê o título, mas deixa que depois cê busca. Tif aqui, mona, a elza é babado. A história desse eu ia lendo e falando *ah não!*, porque esse Sá de Carneiro apelava. Visualiza um trio, a racha e dois ocós, aí esses dois, como não tinham a coragem de se pegar (nitidamente duas gays), transavam com a racha um imaginando que dava ou comia o outro. No final, rola um atraque babado entre os três e, no ódio, um deles aponta a arma pra racha e pá!, bem a hora que descobrem que a racha, quem disse que ela existia! Coisa nenhuma, puro delírio da cabeça deles. Eu fiquei *quê?* Então, o tempo todo era só os dois, até quando foram pros finalmentes? Seu Carneiro, seu Carneiro, essa "confissão", sei não... tá com cara é de indireta praquela pessoinha sua amiga lá. Não era melhor só ir e falar? Chance era capaz que tinha.

Se bem que a Fernanda, o que deixava a cebola dela coçando era marujo... ocó peludão, brucutuzão, cafuçu que não deixa nem dúvida a surra de neca que cê vai levar. "Meus maridos imaginários", um poema dela falava. Como assim que Fernanda? Vai dizer que não sabia a bicha babadeira que a Pessoa era? A própria e o sonho dela, escuta pra você ver só:

Ser passivo como todas as mulheres
que foram feridas, rasgadas, violadas pelos piratas.

Ela escreveu pencas de versinho assim, pena o Alzheimer tá fazendo a podre com a gata. Gay que não sai do armário tem um negócio com estupro, né? Lembrei dum cliente que dizia querer voltar no tempo pra euzinha aqui, moá, Simoná, poder estuprar ele adolescente (bem isso que você ouviu), aí ele aprendia a gostar de travesti mais cedo, afe. Será que eles escutam o que tão dizendo ou entram nesse multiverso e adiô, nem raciocinam mais?

Quatro livros de dez, acho que eram dez obrigatórios. Agora o que eu queria saber é quem foi a gueixa que fez essa lista de 94, hein? Cê conheceu o povinho lá, pensa aí quem. Bom, todo modo, cê viu que a gatinha tinha tudo pra gabaritar, só que literatura era a segunda fase, antes vinha a meleca da física, da química, da matemática, essas que não eram bem a minha praia. Umas questões teve que ser cola, unidunitê sei lá quantas, mas daí tinha as várias que eu sabia e fui até bem, só que o que me tombou, pô, chuta o que foi? Pois. Redação, a gata era pra escolher entre três, a normalzinha chatinha lá da introdução, conclusão e o meinho, ai, como que chamava? Tá, xis. Aí a carta tão uó quanto, e era pra falar de guanto, devia é ter ido nessa, isso ou então conto, fazer uma linha meia Mário. A bicha embucetou com qual? Claro, ainda mais que o tema era, juro, "mulher dá adeus a um homem que ela nunca mais vai ver". Ou seja, a chance de eu mandar um belo pé na bunda do seu Simon. Pior que eu nem odiava ele tanto, mas já que era literatura, pensei, eu tinha que ser babadeira, nível *Amor maldito*. Ainda mais com aquela listinha de obras me inspirando.

Daí primeiro eu matei o ocó. Matei matei, mandei a gigi sem dó na jão-gular dele e fiquei só sentindo o sangão quente jorrando sobre nós dois, o ser com o rosto cada vez mais pálido e euzinha surgindo plena no espelho. Quando vi que ele bateu as botas, tá, hora de sumir com as provas do crime, e lá vai eu arrastando o corpo até o quintal, o tapeto rosso de brinde pelo caminho. Cavei a cova com as próprias mãos, puta trabalhão da porra, mas quem eu ia poder contar? Era eu e eu mesma, apenas. A paz depois que joguei o corpo e cobri de terra, nossa... até plaquinha de "aqui jaz o homem que queriam que eu fosse" eu fiz. A trava, agora que tava livre, fosse vida real, primeira coisa que ela faria era abrir a torneirinha em cima da cova e xiii!, dizava o lírio, mas como era prova, achei que ia ser tchu mãtch (só meu diário tem a versão sem cortes, essa um dia eu te mostro). Era conto o que eles queriam? Toma aqui o conto.

Começo, meio e fim, tudo no lugar certinho, mas, de acordo com a Unicamp, não, porque o conto da bicha levou foi um senhor zero. Zero, bicha, sério? Quis nem descobrir por quê, nem sei se tinha como ver. Esqueci de escrever "adeus", será? E precisava? Capaz que acharam pesado ou não cataram que a morte era mó de dizer, uma vontadinha minha só, lógico que eu não matei ninguém. A injustiça. Vez em quando releio esse conto e penso, mona, era pra eu ter sido médica. Já imaginou? Mas eu fiquei tão mordida com o zero que pensei *xá pra lá*. Té porque médica nem era o que eu queria, nada a ver, papai que escolheu, lembra? Aceitei porque ele tava mal. Cantora é que eu sonhava, só que foi tanta neca na goela (opa se já essa época, comigo foi desde eréia), aí a voz da bicha tava aquela inhaca. Leite paresque também não pode, nem o humano, e tá boa que a bezerrinha aqui ia abrir mão. Bom, médica não deu, cantora não tinha mais como e, já que viado era igual dizer puta, bora tentar ser puta. Eu era a doida do sexo, que que tinha de mais? Mas fui compondo as minhas letrinhas, né? Quem sabe um dia:

> *E as cona que já vêm na neca,*
> *que quer ser boneca na cama,*
> *que quer ser mulher:*
> *a gente faz pelo aqüer.*
>
> *Faz a linha amapô,*
> *quando vê o boy magia,*

a Deborah Kerr,
até sem aqüer
a Betty Faria.

De quatro ela fica,
Na neca ela quica,
Mas sempre de guanto,
Ou qüenda a maldita.

Bem isso. Ó, seu Lula, campanha babadeira pro governo dava, hein? Ministério da Saúde. Quê? Rá, "maldita" agora não pode. só faltava. Avisa ali as bichas, vai. Descansa, militante. Tá e se põe "bendita" no lugar, aí ok? Então, pronto, põe "bendita", "amiga", "deseja-da", "a querida de todas", põe o que for, só não enche a minha pêishiens. Conscientização é o que importa, mona, porque cês ficam nessa como se fosse vida normal, aí as gatas que se lascam. Eu tinha feito ainda uma versão da baiana da Carmen Miranda, "O que é que a boneca tem?". Mesma vibe, ouve só:

O que é que a boneca tem?
O que é que a boneca tem?

Tem guanto na bolsa, tem
Tem gel do postinho, tem

A xuca bem feita tem
calcinha que aqüenda tem
o aqüé da cafifa tem
o pico olha só onde vem

Tem neca, é, no truque tem
mas o édi babado tem
e grava como ninguém
e é cada apeti, meu bem

Quando você quiser provar
só separa o dindim
só separa o dindim
só separa o dindim

O que é que a boneca tem?

Sabe quem eu ia amar encarnando essa Carmen? Leona Vingativa, a bicha no Ver-o-Peso, a cabeça cum cacho de pupunha, outro de açaí, aí um cupuaçu, bacuri, sei lá, pensa o peso babado, mas ela lá finíssima parecendo carregar uma pluma. A Leona tem também música de conscientização, daí por que imaginei ela. O babado tá achando que já resolveu, pergunta pras bichas quantas que não tão com a tia. A quatro letrinhas sozinha, hoje ela não mata mais, mas junta o shine, o industrial e o escambau pra ver o arraso que ela faz com as gatas. Cansei de fazer no pelo, a gente inclusive (tá, cala-te, boca, dimêntica), só que isso é passado, foi-se. Senza agora, ó, nem com conversa de pagar a mais. Vige, aí é que eu desconfio. Pagando ou não pagando, guanto, e não tem conversa. Brasil ainda, ódio desses que já chegam oferecendo a mais, porque não é duzentos, trezentos reais, é dez que o lixoso oferece, e dói, viado. O lixo é podre, um penoso, um verme, mas quem se sente um lixo é você. Quero morrer quando isso acontece. O sangue ferve. Vontade de dar elza horrores só pra compensar, celular, carteira, o que for, e se criar caso ainda leva coió e a baita multa.

Mas sou cagona demais, sirvo pra azuelar não. Planejo tudinho na mente, entro no carro, saio apalpando bolso fingindo que é esfregação, vício, eles se deliciando (bicha, eles nem tchum, tesão deixa eles doidos!), cato de longe o que é de valor, tudo o que tiver dando sopa, mas na hora deixo quieto e ainda faço a falsa agradecendo o aqüé mixo que o lixo me deu. Muitas já levaram tiro por menos, caixão fechado, já vi várias, cê fica marcada, as conas vêm furiosas depois com os alibãs alegando assalto, ou então sozinhas, o cuzão cheio de padê e aí quero ver só.

Bicha elzeira e equezeira é que também não falta,

ê, raça ruim. Teve uma famosa aqui, depois até desvirou trava. Elzava pencas o povo, mentia a rodo, quase morreu, aí decidiu voltar a ser gay, só pode. E deu sorte de bofe, porque trava era quase a invocação do mal, mona. Apocalipse! Se há males que vêm pra bem, melhor coisa que ele fez na vida. Parou de encardir a imagem das travestis. Tem gente que ainda acha que é só botar picumã e uma sainha micro bem da bagaceira, foda-se a calcinha aparecendo, foda-se a bicha não saber nem aqüendar. Travesti é essência: não basta querer, tem que ser. Fantasia até palhaço tem, mas quero ver ser linda e feminina.

Essas coisa horrenda, nível pedreiro de saia, queimando o filme da classe. Acham que é brincadeira de carnaval. Põe peruca e batom, depois se jogam na igreja pra postar na internet. Tomou vergonha na cara e viu que não vingava de trava, é isso. Modinha, né? A gay corta o cabelo curto, para de se vestir de mulher, casa e aí vem fazendo a evangélica. Cansou de dar o edi, mamar rola e hoje o senhor restaurou: quero entrar nessa máquina também, mas só se for pra eu sair o Di Caprio.

Não consigo com esses loucos. E nem duvido essa maricona continuar indo em sauna e boate GLS. Tá cheio de passiva trucosa que na madrugada resolve sair do armário. Curado até sentir a famosa coceirinha no toba, isso sim. A mulher que se cuide com a tia. Homem deve tá muito em falta pra até nisso ter mapô de olho. Eu fico louca, não tenho paciência pra gente hipócrita. Mas ainda bem que teve o bom senso, né? Porque hoje esses putos se vestem de mulher e já saem dizendo *sou travesti*. Ainda "travesti"? Afe, me poupe.

Lá de onde eu venho, ó, pencas. A gay com carona de cabra macho, nem picu não põe, só soca a cueca no cu e já faz selfie de mapozinha. Sangue de Jesus tem poder! E o que é pior, umas, se vê que elas tão mais feliz que muita travesti de prótese e nariz feito que eu conheço. Também, né? Fazem só pra brincar, não têm que encarar as vinte e quatro horas amargas do dia de uma travesti. E não, mona, não é preconceito e sim realidade. O pior: quando tão montadas, querem ser mais que a gente que tem peito, feminilidade, corpo babado. Mulher, bota uma travesti feminina e uma gay montada pra ver quem chama mais atenção. As moninhas na produção completa, eu falo que elas tão babado. Parece até que tão indo pra pista dá o doce nos clientes. E nem confiança pra xoxação!

A rua cada vez mais decadente, muita máfia, muita droga, muito varejo, muito, muito vício (as monas cada vez se dão menos valor, até otim já vi uma aí, não vou falar quem, só pra dizer que cobrou, aceitando, né, dona Amara?), e agora ainda as gays querendo bater de frente com as travestis. A prostituição pras travestis tá o erro. Cabou-se a época em que as mariconas queriam as tops, as deusas. Ir pra pista balançando peito já não para aqueles trocentos carros nem aqui nem na Europa. Hoje eles vão atrás é das caricatas, querem é truque, enchimento, o bom e velho pirelli. Chinela de dedo e picu bem uó, bem plasticão, pronto, já tá batendo porta na cara da mais feminina.

E sabe por quê? Ó o porquê: montada não toma hormônio, então neca de tombar a neca. Fora o precinho, fora o vício. A maioria tá ali pelo fervo, aqüé só pra falar que fez, uó pras que levam a profissão a sério, as que vivem realmente disso. Neca dura e leiteira, ainda podendo pagar menos numa CD, numa DVD, Blu-ray (se bem que isso tá é mais pra vinil, VHS), do que nas bonitas plastificadas, lógico que as penosas preferem. Zona devia ter aviso, aquele igual do metrô de São Paulo: *Senhoras mariconas, favor não contribuir com vício e varejo na pista, para podermos manter a qualidade do atendimento. Agradecemos a compreensão.* Fica a ideia, pra acabar com essa palhaçada.

Cê não pegou a época, mas eu, quando comecei... mulher, cê acha que eu vou te contar quando, né? Quantos cê acha? Tenho nem fíntchy, olha essa cútis. Então, lá atrás, viadinho de saia jamé que descia pra pista. Primeiro tinha que botar óleo no corpo, aí sim, e tinha que ser logo, bombadeira e cafifa de olho mal cê botou o pé na zona. E antes ainda, Geruza, antes era ainda pior, época braba da polícia, a maledeta correndo solta, todo dia uma bicha aparecia morta, e pra ganhar o respeito das monas, meu amor, não era só óleo que precisava não, tinha que ter buceta no pulso, no pescoço, tudo. Hoje é mamão com tzúquero, como elas dizem na Itália, umas blusinhas, umas sainhas, umas Perlutan, às vezes nem Perlutan, passada, então você agradeça às que lutaram, às que vieram antes. Quero ver é lá atrás quem que teria a coragem! Você? Então, tá.

Sorte que nem só de maricona penosa e bicha varejeira vive a rua, eu mesma não tenho do que reclamar. Anos na batalha, né? Olha esse edir, mulher, esse sim merece uns belos fiéis, uma legião de fiéis, ocós belíssimos, fixos, religiosamente vindo bater cartão, glória a Deus. Faço escândalo se pego com outra. Elas não são nem doidas. Já passei muito frio, virei madrugada colocada, depressiva, mas nunca voltei pra casa sem o da cafifa, o meu e uns arôs pra uma besteirinha à toa. Que equê o quê, ô! Hoje mesmo é fazer só o do lanche e já bati a meta. Também, desde que horas aqui?

Aliás, deixa eu te perguntar: meio CD isso que cê é, né? Travesti nem vem. CDF também (haha), mas, sei lá, talvez trans, até porque agora trans é só cê dizer que é... precisa nem querer pôr bubu. Então. De longe, sim, aquela vez que te confundi com mapô (bicha, cê não esquece nunca), mas foi só de longe. Diferença tem, tem que ter, óvio. Hoje, óvio que não precisa industrial, mas sem industrial, sem prótese, nem um narizinho sequer, travesti, quer ser justo travesti? Nem bajubá direito cê fala, bicha. Começando, certo, sempre começando, a vida inteira no primeiro passo.

X'eu ver esse peito que cê tanto diz. Tá, o peito tá assim assim, dois limõezinhos, mas um 500ml ia ficar garota, trópo bela, e cê podia té parar essa porcaria de bloqueador. Uó, uó. Tomba a neca, aí já viu o aqüé: pelo ralo. Sei nem que que cê tá tomando. Tá, gata, parei. E, sim, toda musa já foi um dia CD e assim como elas todas, todinhas, moá. E olha justo quem vai falar de tombar, rá. Aqui é o cu sujo xoxando o mal lavado. Mais tombada que eu tô, falar o quê? Ó a cona que atendi agorinha.

Sufoco pra ela gozar, ush. Deixasse, ficava horas no põe-tira, põe-tira, põe-tira, aquela largura que aceita mesmo a minha meia-bomba (Perlutan, Perlutan) — *goza gostoso pra eu ver, amor, goza, goza sentindo o pauzão da sua boneca* —, a neca sambando lá dentro, sem nem precisar gel se eu não quisesse pôr. E não é só a minha, meia piquititinha, não, qualquer uma. Mas lambreco bem sempre, senão o guanto, plah, arrebenta e quem se estrepa é, ó, quem, quem cê acha? Teve vez que acabou o sachê e foi no guspitcho mesmo, enquanto não consegui ir no postinho, mas aí não em mim ou só se não for necão, senão uma semana na pomada e, se furar, ainda corre o risco da tia. Tem também as doidas do Palmolive, Kolene, fica cheirosinho o edi, se cê gosta. Cliente tem uns que gostam, mas não confio e acho caro igual qualquer gel, então por que não gel? Pode ser o mais baratinho, o de postinho, ainda assim prefiro. Essa cona, sei nem como ela gozou, porque, pensa, ela larga daquele jeito sentando numa nequinha, coitada, que nem cócegas faz. Mas gozou, pronto, bora pro próximo.

Vê lá, mulher, fico didê assim fácil não. A época boa cê que pegou, foi-se. Agora, ou o boy mexe muito comigo, raros, e aí, só de me pegar de jeito, na hora já dá aquela umidificada goxtosa, a calcinha apertando horrores, mamãe elefanta querendo levantar a tromba (e nem precisa ser bonito, necudo, nada, mas, se for, a gente é educada, agradece) ou, então, o remédio é chamar logo o azulzim e deixar a natureza fazer sua arte. Cona cê acha que vai bancar a compreensiva? Brincou! Se tombar e cê não tiver na bolsa, pode apostar que elas, sim, têm. Mais fácil Viagra que guanto, bem mais aliás, aí um azulzim puxa o outro e mais outro, sem contar um outro remedinho igualzinho azul, sabe qual?

Pois esse podia chamar "Trucada", aí sim, porque eu tou é lôca de confiar nele! O bichinho do ram-ram mesmo que fique em casa, os abiguinhos saem todos pra passear e a gata, ó, sifu gostoso. Não vou fingir que sou santa e não dou às vezes minha escapulida, ainda mais quéti no vício, quem nunca? Mas bastou uma bezezinha e já me convenci a não deixar tanto na mão de Deus. Pra quem tem industrial, au, aí a agulhada do doce tem que ser no braço, mona. Uó. Pra mim, foi uma vez só. Necrose é babado, ali nem Perlutan pode. Eu queria a morte!

E se antes do Truvada já tinha, agora só aumentou o número dessas que são alérgicas a juízo e guanto, as entusiastas do "sinta na pele essa emoção", método mais tradicional desde Adão e Eva pras letrinhas todas do abecedário ganharem esse mundão de Deus. Com destaque especial pra aquelas quatro que não saem nunca de moda. Entra década, sai década e elas têm ainda joelho pra subir e descer na boquinha da garrafa: A de aqüé, I de ilusão (o outro nome do Amor), D de didê, S de senza. Qüésta é a riceta do bolo, os ingredientes todos pra ele crescer e aí é o deus nos acuda que todas conhecem múi biên — é viado de terço na mão, é viado chorando, viado fazendo promessa de se converter, voltar a ser ocó. Uó. Dindim, paixão, tesão, qualquer desses itens a mais, e nem precisa ser muito a mais não, pronto, ó lá ela abrindo mão do guanto.

Bicha, as deusas falam que senza é o natural, que o contrário disso é igual chupar bala com papel, e vai convencer do contrário. Pelo menos não são hipócritas. Eu divido quarto com uma que, mulher, só usa quando o cliente lembra de pedir e, ops, eles são tão esquecidos. O resultado é a caixa de guanto que ela pegou no postinho tchinqüe âni prima vencida e eu desesperada vendo que tinha ali ainda mais da metade.

Dia após dia na batalha, às vezes mais, às vezes menos, mas põe aí, chutando baixo, uns três cabritos por dia (e aqui não tem feriado e fim de semana, não, fica sem dá o da fada madrinha pra ver o sinsalabim que a varinha dela não faz), então, três vezes trezentos e sessenta e cinco, é isso o ano, né, bicha? Bicha, me ajuda, que pra conta de cabeça eu sou lesada. Três vez trezentos, novecentos, três vezes sessenta, cento e oitenta, aí quinze, novecentos mais duzentos, tá, bicha, menos cinco, mil e noventa e cinco pegês num ano, quase cinco mil e quinhentos nesses cinco e, até hoje, ela usou só cinquenta guantos daquela caixa toda. Tô em choque, mona, incrédula! Primeira vez que faço as contas. Vinte anos na labuta, quê?, mais!, sem contar os vícios, eu então sou isso vezes quatro, vezes cinco. Cruzes!

Ma consciência eu tenho, ao contrário das adeptas do colorau. Colorau, o babadinho, isso, de dá cor, aquele de botar no ajeum. Nossa, a coisa mais engraçada! Custei a crer, mas quem ouviu a dica foi euzinha aqui e quem dera só uma doida tivesse me sugerido isso: uma colherinha dele antes do fuque-fuque, outra depois, ou então todo dia em jejum, pronto, já não tem como pegar a boneca. De cair o cu das calça, mulher... magina o cheque que elas aí não deixam! Pelo menos, deve servir pra fazerem a linha virgem, *vish, como eu sou apertada*, ou, entonces, pra deixar o bofe pirando que a neca dele é odara — *té sangue do cu da bicha eu tirei!* Duvida que é o que pensam? Isso se, dentro da cabeça deles, la parola já não for "edi" ao invés de "cu", porque eles se fazem de bobos no bajubá, hã?, hã?, quê?, ma capíscono tuto o que noi parliamo. Até revista pornô de travesti, que eu já vi, tá usando "aqüé", "mala", "neca" e as tchongas achando que as conas não catam nada. Fala na frente delas, fala! Vai nessa. Língua secreta é o meu édi.

E isso do colorau é só a técnica mais famosa. Tem ainda a da chuca com vinagre ou cândida (o docinho aí morre no próprio edi), aí dizem também que o vírus, meia-noite ele já tá dormindo, e na Itália parece que ele não trabalha às sextas. Perquê? "Venerdi", te juro, é sexta em italiano, sexta-feira, o dia, aí "venerdi" quase "vem no edi", e, se não é por isso, non lo só, só sólo que não dá pra subestimar limadjinatzione dele bishe. Fora isso, chupando diariamente um limão, ou tomando então caldo de cana — Activia e Yakult parece que funciona igual —, pá-pum, também elimina a menina.

Depois acordam com a febre e vão me botar a culpa em quem, hã? Ãhã! *Tadjênha de mim, meu Deus*… tiram da reta o delas que é uma beleza. Tããe injustiçadas! Olha o que uma amiga me dizia sempre — *acha que gala é Yakult, aproveita os lactobacilos vivos.* Tudo certeza começa como gozação, mas não devem ser poucas as que aí vão no embalo. Elas só querem um motivo pra poder fazer senza. Pensa a alegria que não devia ser antes da inominábile dar as caras. Se eu soubesse lá atrás que seria assim, tinha aproveitado é bem mais... eu ali ainda era ereia, mas também já era nervosa, epa!

Ditadura. E quando é que ditadura impediu viado de dar? Acha que elas eram mais apertadas, mais comportadinhas? Bicha, não tinha HIV, travesti era a novidade: polícia podia ser uó (quer dizer, todo mundo olhando, óvio que faziam a podre, só que sem ninguém ver, afe), mas se teve uma época que a gente reinou, foi essa. Reinou assim, né, entre aspas: travesti cê sabe como gooxta de um exagero. Porque era Rogéria pra cá, Roberta Close pra lá, Thelma Lipp, aí entrevista na tevê, programa da Hebe, o Chacrinha, Clube do Bolinha, as musas cada dia capa de uma revista nova (e eu tô nem falando das pornôs, não, pensei logo é numa *Manchete*, uma *Contigo*, a *Veja*).

Fora que, anos 70, 80, ninguém conhecia travesti de perto, mona, curiosidade a mil, todo mundo querendo saber, ver, querendo provar. Travequeiro? Que que era igual mato nada! Mas, em compensação, era cada homão que aparecia, cada pai de família, vários cem por cento virgem de travesti. Guarda! Dava pra ver que eles eram virgem, eles tremiam, sabiam nem o que fazer com a mão. A glória era sair com um desses. A glória e a desgraça, porque a bicha, pra se apaixonar ali, de cara, era batata. Desejada como se fosse mulher, sonho de toda travesti que se preze.

Não é pra qualquer uma, lógico: apenas as mais belíssimas sabem o que é frequentar um restaurante grão-fino, entrar com o ocó de mão dada, ele com um puta tesão do tanto de olhares que você atrai. Travesti jamé que vai passar batida, ainda mais num lugar desses! E aí ele lá com tesão, mas também a tensão, medinho, porque pra ele fazer isso a bicha tem que ser muito da passável, aquelas que não tem quem diga que ela não é mulher, só que essas mais mapozadas, mesmo elas sempre tem ali alguém que, do nada, uma fulana amiga de infância da sua mãe, mais de década que ela não te vê, mas ela tá lá comendo e é só ver você entrar, já vem com — *égua, Simon, como cê tá mudado!* Bicha, meio do restaurante, todo mundo ouvindo. Não é de propósito? Cê acha!

Recalque puro, mapôs, elas não suportam ver a gente bem, a gente com os boys magia que elas nunquinha vão chegar nem perto. Perto da gente, que que elas são? Umas feias, umas pavorosas. Não sabem se arrumar, maquiar. Uó. Deus deu pra elas tudo, mão beijada, mas elas não aproveitam, parecem umas mindingas quando saem. Podem até ter dinheiro, mas poucas viram uma Gisele Bündchen. Já travesti é o contrário, raras são as desleixadas, as que tão se lixando. Parece que a gente nasce com essa vontade de ser a mais feminina em tudo, cê vai em qualquer rua onde as bichas tão batalhando e vai catar várias que são tão belas, se não mais, que a própria Roberta Close.

Aí as rachas, quando veem uma travesti se dando bem, monopolizando olhares, pronto, elas têm porque têm que contar. A língua coça. Daí a coisa espalha que é uma beleza. Eu tenho um ódio! Cuidado com mal-amada, mona: elas e as gays enrustidas são as piores raças pra travesti! A gente gosta de uma atenção, gosta de ser olhada. O prazer de sentir ocós te comendo com os olhos, devorando, sem fazer ideia que você é trava, as dondocas se cortando de inveja, desesperadas atrás de qualcosa pra te chamar de bruta e cadê? Ops, não tem. A gente quando se produz não tem pra mapô nenhuma — ninguém ama a beleza como uma travesti.

Mas era a época braba, né? Ditadura ditadura mesmo. Hoje é dizerem o nome de ocó, chamarem no masculino, pronto, *ai meu Deus*, a bicha já acha que vai morrer. Lá atrás não, o risco era de agressão, mutilação, ser presa, risco mesmo de vida. A violência na rua era babado. Sair de travesti de dia, só se ela passasse muito amapô, senão o caminhão do Faustão pintava e ia é levando uma por uma. Destino: a delegacia, pra ela ser estuprada lá pelos lacos ou, então, servir de empregada pros alibãs. Fosse menor, aí era Febem, mãe tendo que ir lá te tirar depois.

Dessa época quase que nem peguei, só que era assim, sim. Sei pelo que as antigas diziam. Mas eu, interiorzão do Brasil, cafundó, cafundó mesmo, a cidadezinha ó o tamanho, um ovo, quem que te disse que ditadura ia chegar lá? Vim ouvir falar disso era o colegial já, quando voltamo a morar com o papai. Ditadura acabou era o quê? Seu ano, jura? Bem quando o HIV dava as caras. Égua, bicha não tem um minuto de paz! Agora pensa, a senhora bebezinha, acabando de nascer, e eu ainda bambina, mas já me acabando de dar. Já, ô se já. Falei que eu era nervóusa.

Interior a história é outra. Sabe o que é as necas da escola todas, todas as que quiseram (e não foram poucas), terem passado ou pela sua boca ou pelo seu edi? Eu era o parquinho de diversões da escola. E tudo no pelo, ê alegria! Chuca? Que chuca nada! A piabinha da criançada toda com aquele futum de nena, a lambrequeira braba na calça deles (e isso quando não saía ainda sangue), nem imagino como explicavam pra mãe.

Era só calça que a gente usava, pega-marreco chamava, uma que ia até a canela, sai? Pezão no chão, essa calça, no máximo uma camisa e olhe lá. Cueca e calcinha, isso eu só conheci bem depois. A criançada lá de onde eu vim vivia igual bicho, solta, quase sem roupa, nem comparação com as de hoje. Mas lavar era tudo a mãe, porque eles é que não lavavam... homem lavando roupa lá naquele cafundó, onde se viu? Nem pau direito eles não lavavam. Davam uma limpadinha básica onde desse, um sabugo de milho dando sopa, uma folha de bananeira, até rio, se tivesse um riozinho perto, mas sujeira pra contar história sempre ficava.

O medo era você, no escuro, na pressa, pegar sem querer folha de urtiga pra se limpar... pai amado, e a coceira? Quantas vezes não aconteceu, ódio! Talão de cheque, hoje, eu por nada tiro da bolsa, mas aquela época? Nem banheiro tinha, pra você ter ideia. Necessidade era qualquer lugar... e como escolhia onde fazer o dois? Oras, ninguém tinha feito ali, então ia ali mesmo. Banheiro eu fui conhecer mais velha, pouco antes de voltar pra cá: sentina, o buraco no chão, tipo fossa, e tinha ainda jornal pra se limpar, uma revolução. Bicha, quem cresceu em cidade grande, apartamento, feito a senhora, ia ficar besta se soubesse, na roça, o quanto esse tipo de coisa é normal.

Daí era nem pra eu ter estranhado a montoeira de nena aqui do matel. Tanto cachorro, gato e o caralho a quatro zanzando, mas, nanão, quem dera só os pobrezinhos fossem responsáveis. Culpadas bem mais são as conas, as penosas. Chegam com grana curta, aí não me fazem a chuca e mesmo assim querem sentar, querem dar, visualiza o que não acontece. Inda mais com as que ainda estão descobrindo o que são, o quanto gostam, as mais inexperientes. Ceuzão aberto, eu e a cona lá no meião do mato, outras tantas fazendo a mesmíssima coisa a poucos passos dali, uí, uí, perigo de serem pegas com a boca na botija, pegas com o buraco negro que elas chamam de cu entalado na nossa neca (se bem que, pra entalar aqueles cus, só se fosse a gente entrando lá dentro inteira, testa e tudo, ombro, o peitão, só nessa buzanfa qüi é que entalavam, credo).

Morrem de medo de serem pegas, morrem, mas esse é, também, o maior dos desejos delas, porque aí acaba logo esse circo de terem que fingir que são ocós normais, pais de família. Queriam poder se dedicar cem por cento à arte principal delas, a habilidade em que mais se destacam: dar o édi pra travesti, dar e levar leitinho quente no rabo. E como só conseguem assim, tudo escondido, às vezes sem aqüé nem pro quarto, pensa o que esse lugar não vira. Dão até se esbaldar, depois lógico que vem a vontade, aí elas buscam um cantinho escuro, agacham e, plaaact, mandam ver sem pensar que é o nosso local de trabalho. O achocolatado espalhado pelo terreno baldio e, se a bicha não tiver talão, os lixos se limpam com o que encontrarem, folha de alguma planta, panfletinho de boate da esquina, até cueca, meia se não tiver mais nada. E depois é lá mesmo que jogam, onde cair caiu. Resultado? O campo minado em que se transforma o matel, especialmente à noitinha, aquele breu monstruoso, a gente tendo que tomar cuidado a cada passo que dá pra não pisar melhor nem dizer onde.

Qué tê uma ideia do inferno, quer dizer, né, o purgatório? Qüenda ali atrás do abacateiro, vem ver a purgação toda que as conas deixam pra trás. Mas vem de dia, pra conseguir visualizar melhor o espetáculo. É camisinha checada, é o dois que tô te contando, é as coisas mais disparatadas que elas usam pra conseguir se limpar, um negócio, ó, bem neandertal, maricona das cavernas mêixmo, fora as outras surpresas que o matagal deixa separadinhas pros desavisados. Os pecados do mundo devem tá todos nas nossas costas… travestis as reencarnações de Jesus, a gente expiando os erros da humanidade inteira, porque não é possível alguém merecer tanto castigo. Travesti é pecado? É. Mas, Deus, sério que cê não consegue pensar uns piorzinhos? Se quiser uma consultoria, só chamar.

Tudo o que a gente já viu, já ouviu aqui na batalha é tipo uma faculdade, uma pós especializada em pecados mortais. É coisa que leva direto pro inferno? Então, pode apostar que a gente conhece e bem. E, em geral, nem por ter praticado, mas por ser testemunha auditiva, ocular, ou às vezes só por ser confidente do traste — travesti é ímã de confusão. E eu tô te dizendo isso por quê? Porque com esses cuidados todos que eu tomo, mesmo assim ainda sobra pra mim às vezes. Igual o dia eu de sapato aberto, um saltinho líndio, eu toda toda exibindo os meus pezinhos de printchipessa (trinta e nove é pra poucas, meu bem... cada prancha de surfe que cê vê aqui), quando senti uma textura estranha no chão, coisa meio pastosa que pisei e, naquela treva que trava, tava, treva que tava, como que eu ia ver o quê?

Eca! Desespero bateu e foi fuerte, imagina essa coisa amassetada, pendurada lá na sola do sapato, podendo, de repente, encostar na delicata pele dela déa. A tragédia que não seria, eu louca do edi tentando evitar que isso acontecesse e, ao mesmo tempo, fazendo o meu esforço mental pra não pensar as doenças que aquilo podia causar só de encostar em mim. Era nena, tava na cara, e, de cachorro ou cona, àquela altura eu sabia nem qual das duas seria a pior. Fingi normalidade pro cli não catar, torcendo é pra ele dizar logo e eu poder pensar com calma o que fazer depois, mas por dentro era o desespero. E o beleza nem tchum, aquela lerdeza de quando gozam, sabe? Fora a casquinha que alguns despuês tentam tirar, horas e horas de enrolação, eu lá, sorrisão amarelo, o pezinho paradinho pra não fazer mais caca e *tchau, amor, volta logo*.

Cê acha que isso só basta pra eles irem? O sonho. Blablablá, pra ter fim, só quando a gente apela pro aqüé: "mas, se quiser, a gente combina um precinho especial e vai pra continuêisham". Rá! Fala em pagar a mais, já dá um siricutico neles. Aí, e só aí, é que esse ligou a motototoca, "hoje não dá mais", ainda disse, mas ele ia voltar sim, eu que aguardasse. E lá foi-se embora outro cli, pra sempre talvez, ou talvez eu que não reconheci aquele fuça feia o dia que voltou (os demônios são tudo iguais, vou fazer força querendo lembrar pra quê). E bora cuidar do estrago, o do sapato. Te falei que aqui é o purgatório, né? Pois vê essa imagem, se ela não faz jus: a nojeira babadeira, ok, esperado, mas e o tolete que enganchou no salto, um tipo minicroquete desses de espetar palitinho numa porção de bar? Ficasse na sola só, sem encostar na pele, a graminha básica já dava o truque. E tanque, depois. O problema era eu caminhando buscando doida onde limpar e ele lá formosão pendurado... quem disse que caía. Voltei pra pensão, aí limpei igual o meu edi e pro primeiro viado uó que eu vi, falei — *toma, é sua cara*. Dei, nem servir servia, mas ele ficou feliz. Pronto.

E assim eu perdi aquele saltinho líndio. Era pra gata tá acostumada, eu sei. Desde eréia, na roça, lavando calça de ocó, os que eu fazia e sujava (já que não tinha chuca), mas lá, pelo menos, era só a minha nena. Por que eu lavava? Ora, mãe é que eles não iam pedir... e os belezas, nunquinha que iam sujar a própria mão, isso lá é coisa de homem? Mas, também, nena era mais normal, ninguém ficava — *nossa, meu Deus!* Besouro, quando ia comer viado, sabia a lambuzeira de buesta fuerte que podia encontrar. E, se era um mais bonitinho, algum que eu gostava, aí eu fazia esse agrado. Porque eu gostava de dar, mas se, além de dar, depois eu podia ainda lavar a roupa que ele sujou comigo, afe, eu me sentia a própria esposa, a dona de casa cuidando do marido adorado.

Como era besta, a gata se desdobrando pra agradar macho e eles se lixando — quanto mais eu fazia, mais me esnobavam. Eu aproveitava que ia lavar roupa e cuidava da de um ou outro. Porque, em casa, eu já lavava e não só a minha. Eu queria ser menina, então lavava, cuidava da casa, fazia comida, tudo melhor que as filhas meninas das vizinhas lá. Mamãe muito a contragosto deixava, vida puxada, aquela canseira sem fim, não era o que ela sonhou pro Simon. Mas desaquenda, o papo tá indo pra um caminho uó. A conversa era putaria e das brabas.

Mulher, cê visse a anarquia que aquela criançada aprontava. É laranja que descabaçavam, é bananeira que eles abriam, na altura da bigolinha, um buraco e aí vão que vão, é galinha, é cachorra, é porca, é a jeguinha, a égua que eles botavam no toco (toco pra ficar na altura, sabe, ou então barranco, e as safadas quando acostumam, aí é só tê uma mão passando ali pelo rabo e elas já se ajeitam). E eu sei disso tudo por quê? Porque eu via, eles me mostravam. Sabiam que eu não contava, então me mostravam. Bando de sem--vergonha sem vergonha nenhuma do que faziam. E até tentavam me fazer fazer, mas eu já era bichinha demais, hora que começaram a descobrir minhas outras habilidades. As edilidades, per cosi dire. Que infância era essa, dio mio!

Em público era xingo, era tapão na orêia, todos me apontando dedo, rindo, mas eu é que não ligava, porque, sozinhos comigo, eles próprios já vinham pedindo desculpa, elogiando, dizendo até que eu era mais feminina que as namoradinhas deles. E, dessas, as que iam na onda e faziam comigo a uó, tadinhas, aí é que eu dava com mais gosto pro namorado, marido delas. Seria a famosa intuição das rachas falando, ciúmes por saberem o que aquele atraso de vida era capaz, o que era eu própria capaz? Não tinha conversa comigo de hímen, ser virgem, namoro, risco de engravidar, HIV, daí você conclui o quê? Ó, mas era nequinha de criança, pré-adolescente no mááximo. Homem feito, adulto, pra eu conseguir aguentar, guentar mesmo, aí foi só uns aninhos depois. Sete, oito foi o meu debute, a primeira vez da gata, mais quibinho e frentinha que qualquer coisa, porque eu era apertada, né… sem contar que a neca, eles sabiam nem o que fazer com ela.

E sabe o que eu lembrei? Assumidona, assumidona assim, tinha uma bicha só na cidade, dessas que não davam truque de hétero pra disfarçar. Nada, ela tava que se foda. Tinha a xoxação, sempre tinha, mas quem disse que ela deitava? Cê acha. Era botar o pezinho na rua, ela desmunhecando toda, toda saracoteando, lá vinha um zé-fuinha gritar — *ê, baitola!* Aí o que ela fazia? Rá, dizia e não importa quem fosse — *Baitola, mas cê não tira o zói!* O povo carcava com as tiradas dela. E os erezinhos se davam pencas com a bicha… dez, doze ela já fazia sem dó, aí quando alguém perguntava se ela não tinha medo de ser presa (menor, né, pedofilia é babado), ela *quê?* Nem pensava, mandava na lata — *amor, o juiz a hora que baixar a calça dessa erezada e ver o jebão que eles têm, tudo durinho, mais que de adulto até, vai dizer que estupro quem sofreu fui eu.* A bicha era podre, a gente ria litros. Ói, se cê visse sua cara agora, cê tá bege! Mulher, ser humano é isso, ainda mais interiorzão, dá pra esperar muito não. O Brasil que o Brasil não conhece.

Bissurdos lá, ma qüi não fica muito atrás. Pra você ter ideia, sabe a bicha da caixa de camisinha vencida, a que eu te contei? Ó, é uma das que cê tá aí vendo e cê não vai acertar qual nunca. Já eu, só de olhar, já cato a bicha que ama um no pelo… e, não bastasse esse sexto sentido aguçado, as conas também, pô!, te entregam horrores. Tomar cuidado com o que cê faz ali com elas, elas são uó. É o que eu digo. A mesma caixa, senhorita, sim, eu tava junto o dia que ela pegou, e dá pra ver pela poeirada bruta, pelas embalagens tudo engruvinhadas, a validade que quase nem dá mais pra ler.

Lógico que o cliente pode ter levado a dele (e cê confia, fia?), fora que boa parte é só mesmo o oral, aí muitas nem tchum, quem sabe até forse o Truvada do truque, enfim, pode ser tanta coisa, mas ainda assim cinquenta? O cacho de uva passas que ela tem bem na beirola do rego, isso eu já vi em fotos, agora só me falta ela fazer exame e não dá nada e a mona aqui, toda prevenida, e um dia, um guanto só que arrebenta, ela me volta pra casa com a menina bonita do laço de fita. A língua é o chicote do corpo. Afe, só de pensar os pelinhos do edílson já arrepiam tudo!

Pela vida que a gente leva, né, tamos mais que sujeitas. E por mais que se pense, *ah, hoje já não é mais aquela sentença de morte toda*, ainda tá longe de ser a beleza que pintam. Se teve uma vez? Perdi foi as contas quantas. Anos atrás, plact, o plástico estourou e eu fui testar essa tal de PEP. Mulher, passei tão mal que hoje, quando acontece, é na força da oração que eu resolvo. Destino de quase todas, a gente só fica retardando a hora. É um que, no meio do nheco-nheco, tira sem você perceber, é um marginal ou polícia que te estupra, é um guanto que arrebenta e cê não quer parar, é um dia que você decide ir no pelo pensando *hoje não vai dar nada*, o que não falta é motivo. Às vezes o lixo é que te obriga, realidade, mas também não fica aí sonhando que aqui só tem santa. Alice, lés go! Vai chegando uma certa época do mês que cê fica doida, doida atrás do quentinho no rabo.

Hormônios que a gente toma, esses de amapoa, única explicação que me vem. Biologia básica, o cérebro da bicha fica que quer porque quer engravidar, mesmo sabendo que bubu não tem ali nem sombra. Capozinho de fusca, com essas calcinhas babado de aquendação, a gente até faz, beijo!, obra de arte digna de um Oscar, mas por baixo, amore mio, por baixo do capô é a tromba velha conhecida nossa. Motivo, então, como eu te dizia, é o que menos falta. E o que eu penso é que as que vão dessa pra melhor cedo, talvez vão até mais em paz.

Todo caso, errada é a travesti ou as mariconas pai de família? É cada dedo na cara, cada xingo, cada cuspe, cada morre-demônio! que a gente escuta, cada facada nas costas... e acha que facada é mó de dizer, mona? Deixa eu te mostrar o mó de dizer aqui, ó. Tantos anos e até hoje a marca. Sempre que vem o medo, aquele medão de me tremer as pernas, io solita na madrugada, fico fazendo carinho na cicatriz lembrando tudo o que eu sobrevivi. Viver é trópo perigoso.

Mas é como dizem, se a bicha não nasceu mulher, ela vira, ela vira do avesso, mas vira... sem contar que se nascer ela não nasceu, pelo menos morrer por ser mulher ela vai. E aí, como se não bastasse, ainda matam ela outra vez botando, no túmulo, ela de terno e o nome dela de ocó. A paúra que eu tenho disso. Resolvido isso, o nome babadeiro na certidão, nem vejo motivo pra querer esticar tanto a minha presença na Terra. Cabou o tapete vermelho, *bizu, cherri!*, a gata já precisa ir tramando sua saída à francesa.

Ficar velha é vantagem quando cê não encheu o cu de industrial vinte, trinta anos atrás e tá descobrindo só agora o doce (ou até antes, porque, se na hora o corpo já rejeita, pensa a vida boca-de-se-fuder que cê vai ter a partir dali), é vantagem quando você não tem que matar no peito um coquetel molotov por dia de medicamento só pra não morrer de gripe (isso mesmo, irmã, gripe, ainda mais depois desse coronga uó), é vantagem quando você finalmente pode casar, aposentar o cu e começar a cultivar, qui sá, uns vícios sem medo de faltar o lajô do ajeum, o do aluguel.

É isso. Bateu trinta a travesti dá glória, mas, a partir dos quarenta, ela começa já a rogar praga no todo poderoso. Levantar da cama é esforço que não tá compensando, aí eu que já tô cansada dessa vida podre, cansada de fazer hora extra, vou querer justo eu criticar a bicha? A troco de quê? Se vê que ela é feliz, eu que queria ser feliz igual ela. E o segredo da bicha até que é simples, só não fazer exame. Enquanto cê não fizer, enquanto não tiver ali escrito bonitinho, positivo e operante, a chance de cê ter é a mesma de qualquer uma que ainda não tem, cinquenta por cento.

A tia taí sempre de olho, com seus cutuque surpresa pra ninguém esquecer dela, mas com ela ou sem, sendo viado ou hétero, no final o destino é todo mundo virar a mesmíssima grandiosíssima boxta. Nem o cheiro vai diferenciar eu que sou bonita da outra. Do pó viemos e ao pó voltaremos, não é o próprio Jesus quem diz? Algumas achando, inclusive, que esse pó da Bíblia é o santo padê resolveram já começar os preparativos do retorno. De vez em quando é até bem, confesso: ficar exótica pra aturar os abusos dele maricone. Agora a mona só precisa cuidado com o bafão, pro abuso não virar ela stêssa, ou já viu. O tempo passa e o fim da gata pode ser trágico. *E o quico?*, cê deve tá pensando. A cara te entrega. É isso que cê tá pensando, eu falo demais? Só lembra quem que pediu pra eu falar... eu tava quietinha na minha, irmã. Anfã.

Continuo? Ó, se for pra eu continuar, a senhora vê se muda essa cara. Tá, tá melhorando. Só de interagir já ajuda, senão parece que eu sou só uma matraca desembestada dublando com as paredes. Isso era pra ser conversa, ou tô enganada? Ótimo. Então, ó, cê catou o coiso lá do Viagra, né? Ativo, quando surge, é aquela festa, mas eles são duro de dizer o gel. Nisso, o que eu tô vendo é as bichas em peso apelando pro azulzinho. Opa, tão se empanturrando. É o stress menor, pegê acaba mais rápido, sem contar que é o que a maioria dos clis querem. Eu, quando hó bisonho do aqüé e vejo que não vai ter como, tomo uma metadinha só, vinte e cinco ml, e em meia hora, nem isso, a neca já tá babado, berrando. Mas é só metadinha mesmo, ou a cefaleia reina. Ela e a azia, a taquicardia, a ressaca, o sono, fora ficar didê horas, de nem dá pra aqüendar. A linha atriz, eras que ela não cola mais, jurar que antes nunca que te aconteceu, deus, hormônio será? Mas será? T-lóver novato cai, mas os que já têm tempo de pista, esses catam logo. Até pagam, mas voltar, voltar é que são elas.

A maricona, uma vez, perguntou se eu tomava hormônio, logo pra mim, que aquela época, antes de dormir, era Perlutan só umas duas, três vezes na semana, pra acordar bem princesa. Cada vez que a gata gozava, corria na farmácia e o ragatzino me aplicava uma nova ampola (hormônio sai tudo quando a bicha goza, a gente toma outra vez, ó o motivo). Alice de tudo, achando que a cona queria saber se a mia belêtza era naturale, fiz a melhor voz de mapô pra falar que sim, tomo sim, e fiquei toda síssi quando ele me mandou entrar no carro.

Mona do céu, e se eu te disser que ele a primeira

coisa que fez foi botar na minha mão um azulzinho inteirinho e dizer *toma então esse aqui, pra criança ficar ó?* Nojo! O gesto que ele fez pra acompanhar o "ó", mona, bração pra cima meio fazendo muque, só as pelanca balangandando. Nojo. Nem a garrafinha d'água faltou, elas já vêm com tudo planejado. Compram no camelô, não é nem Viagra, é Pramil, cinquenta a cartela com vinte e aí trazem no pegê pra não correr o risco da boneca tombar. Cê ri, né? Quero ver quando for com você.

Eu? Oras, tomei. Meu primeiro foi esse um inteiro e, inteiro assim, nunca mais. A cona ôxe se não gostou, chorou de tanto que levou no brioco. Teve até regalo depois, juras de amor e o clássico *vou voltar sempre.* E esse pior que voltou. Agora o babado foi a neca não sair daquele "ó" uó nunca! Pensa um desespero. Ia dar o horário do quarto, o estrupício querendo vazar e eu lá na meditação linda vendo se resolvia, aí ligando a tv no pornô pra ver se o close nas racha e nada, água gelada, nem isso, pra você ter ideia. Foi a minha vez de chorar.

Voltei pra rua assim mesmo, a bolsa na frente dando o truque, meio mocozando, o acontecimento da noite! As bichas me gongaram assim que cataram o pacote, é o *Cadeirudo ali?, ó lá o Cadeirudo, gente!,* e o apelido só não pegou porque eu não deitei: grudei uma mais abusada e a sorte é que no vuco-vuco, deus é mais!, o troço resolveu baixar e eu fiquei tão mas tão aliviada que, ao invés de doce, dei logo é um beijo na boca da bicha. Ela que ficou doida aí e aí que quis continuar o atraque, mas já separaram na hora e o medo da multa deixou foi as duas bem pianinhas (atraque de travesti, aqui, bom, isso cê acho que já aprendeu). Chamei um otim pra mim e outro pra bicha, pra gente ficar de bem, dedinho no dedinho, até isso teve, as outras juntando querendo saber o que que foi, que que não foi aquilo e eu lá contando.

O babadinho era novidade, saiu no jornal recém, nenhuma tinha ainda visto ou testado, de lá eu era a primeira. *Corajosa!* O veneno das beldades foi, como previsto, sendo expelido aos poucos, todas super passivas escandalizadas e eu queria saber é o aqüé que a cona me deu quem delas todas que recusaria? Alguma? Se não fazem, passam fome e o que eu tô vendo é a pele de todas muitíssimo corada, todas muito bem nutridas. Nem lembro quanto que ganhei, ma almeno o triplo do que eu costumava, e a cláudia, a hora que ela gritou, ainda me garantiu esse senhor regalo. É aquilo, não conheço uma que ficou rica passiva, já o contrário, rá, exemplo é o que não falta.

O que me enerva é a hipocrisia das queridinhas, fresquinhas, santinhas do pauzão oco. Ao contrário delas, nem instrumento direito pra alegria das mariconas eu tenho, mas surgiu a oportunidade e eu vou fazer de rogada? Meu cu. Até com namorado elas juram que não fazem, isso nunca, jamé, mão em cima da bíblia... me dá tanto fastídio! Cê acredita? Ainda que fosse, e daí? A dúvida, aí, é se a ruela deles aguenta esse tempo todo sem procurar parafuso ou se, às escondidas, na calada da night, não correm atrás das bonecas. Isso quando não fazem pior. Pegar seu boy com outro ocó, gata, já pensou? Banheirão rolando solto, a senhora ali do lado de fora com as pipocas, esperando o bonito pra irem no cinema? A boca que ele usou pra mamar aquelas pirocas sujas, um segundo depois ela beijando a sua boca, visualiza! É o que eles fazem. Não confio em homem, sei do que eles são capaz.

Por tudo isso é que eu digo: sempre bom ir checar se a ruela do boy ainda é a mesma do começo do namoro, ou se com o tempo, eles se acostumando, perdendo o medo, sem você nem perceber ela não foi virando avenida. E, Jesus, que avenida. Quatro, cinco pistas, via expressa, nem semáforo non tché, porque a velocidade ali é babado. Sério, cê ia querer morrer se visse o que eu já vi caber num edi. Garrafa, afe, garrafa é fichinha. Fiquei é imaginando um engarrafamento ali, como seria. Rá! Comigo ainda non é sutchésso, mas nunca é tarde pra um retetê desses. Na hora eu ia rir horrores, isso é o que eu sei, mesmo que depois a gente saísse vuado atrás de hospital. Cada coisa que já foi parar no hospital.

Engarrafamento então não teve, agora já imaginou um bração, esse que cê tá vendo, mão, cinco dedos, pulso, antebraço, até o cotovelo credo que também foi, entrando inteiro dentro de uma maricona? A sensação, senhor! O cu parecia que non aveva fine. Aquela coisona mole das paredes dentro do edi roçando a minha pele, argh! Gatinha, lógi' que de luva, achei minha mão num bueiro por acaso? Até tinha uma doida aqui que fazia sem, mas o ofofi do fiofó não tem depois cristo que tire. O cheiro do ser, dependendo da podridão da cona, o que ela come, mesmo luva de vinil, látex, às vezes passa pra pele, impreguina, então não. Se quer sem, vai ficar sem. Pelo menos comigo.

Meus consolos eu boto logo três guantos duma vez, senão fica só por deus o perfume. Tem, inclusive, braço de plástico em sex shop que eu já vi, tamanho real, se cê for mais nojentinha e não quiser usar o seu. Só perna que ainda não vi vendendo, mas ia ser sucesso se tivesse. Nunca imaginou perna sendo usada assim? Não se engane com a delicatésse do meu pezinho de cinderela, gata, virgem é tudo o que ele não é. De neca eu posso não ser bem, mas meu pé e minha mão, em compensação, não foi só esse edi que eles desbravaram. O sonho de toda maricona é ser larga igual uma assim, mas poucas conseguem ir tão longe... ainda mais que a maioria das gatas prefere a morte a fazer fisting.

Bico de ganso, o nome da técnica milenar em português. Faz o biquinho com a mão, dedos esticados, firmes, aí lambuza tudo de gel (e aqui aqueles comuns de postinho e farmácia não dão conta, tem que ser o dilatador, próprio per qüesto, a não ser que seja um cu desses que nem mais fecha) e vai indo, vai indo, até que uma hora mal cê viu já tá lá toda acomodada dentro. Mão fechada de uma vez só, aí é que não dá, machuca, tem que ir de pouquinho mesmo. Piano, piano, um centímetro de cada vez. As preguinhas esticadas do edi aqui cedendo, ali apertando, parecendo que vão arrebentar, mas, se for com jeitinho, que arrebentar o quê, essa é a hora que elas mais gozam. Maricona quando se encontra, quando ela finalmente perde a vergonha, aí já não tem pica que satisfaça, é braço pra cima. Mais largas que a gente, que é feminina... e eu fico como? Bege.

Tinha a mona dizendo do cli que ela conseguia enfiar os dois brações, um de cada vez, e aí, com os dois lá dentro do édi, a cona ainda pedia pra ela bater palma! A graça. Se não for equê da bicha, essa merece palmas mesmo. Mais do que palma até, tá aí um capaz de entrar pro Guinness. Não fosse a hipocrisia, né? Porque acham lindo o Mister Universo, o puxador de ferro, o espanador da lua, o que só de guindaste pra sair da cama, o que até o branco do olho tem tatuagem, o matusalém todo enrugadinho, o Zé do Caixão com aquele unhão igual o chifre do capiroto e por que o edi roto duma maricona, aí, não? Amam o engolidor de espada no circo, mas surtam se a espada engolida for neca, ainda mais se aqui da boneca. E se a engolidura for pelo edi, ish, meu pai! Se vale o bíceps, devia valer o edíceps, é o que eu penso, tudo feitos prodigiosos da raça humana.

E assim se explica o porquê de a gente ter tanto que apelar pro azulzinho. Lixo, não bastasse ele ser o cão, ainda é só com paulada de boneca pra ele conseguir gozar. Isso ou as bizarrices piores e, aí, nem sei se eu prefiro o remedinho (cu frouxo de maricona, depilado ou peludo, tanto faz, isso é que não me deixa excitada, nér?) ou ir logo pro buraco negro da imaginação deles, já que aí eles pelo menos não cobram eu ter que ficar didê. Até porque o Viagra não é essa alegria toda, óvio. Depois daquele um inteiro, fora o lance da ereção que não finiva, teve ainda outros vários doces, testa querendo explodir, palpitações, coração disparado, além do medo de ele me deixar machuda. O ragatzino da farmácia, gracinha ele, depois me explicou que o babadinho o que faz é bombear sangue pra neca, sólo qüesto, hormônio nenhum ali, mas precisa aí tomar cuidado com coração e fígado.

E as gatas, pra quê que elas têm usado, adivinha? Atender casal. Ora, ora. Juram que são só passivas, aí cê vai ver, afe, tão bimbando até racha. E o azulzim é a escusa. Ó, se tem algo que jamé, mai, néver, nunquinha da silva pra eu fazer, guarda o quê. Primeiro, porque eu sou mulher e ficar eu e ela écati no esfrega-esfrega, nojo, as duas fazendo aquele sabãozão babado, gosto nem di imadjinare. Non me piatche e pronto. E isso era já mais que suficiente, mas, segundo, porque cê quer ver problema é ir se meter com casal. Comigo já aconteceu de tuto, eu falo como quem ha próprio vivido la vita, vivida até bem demais. É mapô que te procura depois, sem o namorado, marido, aquele equê lá dela, sem ele saber, querendo agora continuar só as duas, só as duas o quê? Raciocina! Vontade de falar, mulher, tch'eu te contar um negocinho, aquilo foi o Viagra que seu marido me deu e era eu pensando no rolão dele, olhinho meio fechado abstraindo a cena.

Segredos do ofício pio antico del mondo, ou cê

achava mesmo que comprimido só já bastava? Eu sou mulher, virei mulher foi pra ser homem na cama não, inda mais de mapô, credo. Nunca vi graça em racha, acha que eu ia aceitar um troço desses assim, sem cabeça nem pé? Quê quê o quê, ô! O aqüé, dependendo, cê fica até balançada, mas pelo menos o boy vendo ali do ladinho, pra eu conseguir visualizar um sexo um poquito, digamos assim, mais normal, isso eu faço questão. É querer demais? O boy, então, ali junto é o mínimo. Posso dar, posso comer, comer os dois até, só não inventar de pedir nada muito estrambólico sem combinar comigo direitinho antes.

As coisas que eu já topei, deise do céu, nem eu mêixma acredito. Época que eu morei na Espanha, eita, vê lá, tinha uma amiga minha, mona também, que tomava tê. Tê. Que tê chá o quê! Tê mesmo é de testosterona, injeçãozona na veia. O babadinho é babado! Maromba, sapatão, hoje o que não falta é quem toma, porém, porém travesti essa foi a primeiríssima que eu tive notícia. Falei *mulher, cê tá doida, quer virar ocó agora, é?* E ela, *ocó, donde que cê tá vendo ocó acá, hã?* E, davéro, que viado belíssimo era ela. Quantos litros de barra mil tinha ali, se pá nem ela mesma sabia, daí não ter testosterona que deixe aquela mulér machuda. E maricona pagando em euro e querendo é a necona da boneca dura, a escolha é sua se faz, se não faz.

Cem euros o pegê mais basiquete da gata, tchúqui-tchúqui só e gozou, acabou. E quem goza é só ele, se cê não entendeu, porque ela gozar, rá, aí tem que pagar bem mais. Primeira coisa que a gente aprende é não gozar à toa, ou seja, de graça, senão é um cliente que a gente atende por dia e olhe lá. Quem que dá conta de comer aquela maricona horrouróusa, gozar e, em seguida, ainda ficar didê pra aturar a próxima? Sem contar que sai todo o hormônio, se cê toma hormônio, aí bora aplicar Perlutan e ficar ainda mais perturbada depois, imagina.

Coisa engraçada, lembrei agora dum doido que adorava um champanhe, espumante. Não o comum, de supermercado, esse não, o que sai quentinho aqui da neca da gata, ó. Tem quem chame de guaraná, chuva dourada, golden shower, o povo que curte um bizarro ama e tem crescido a procura, tá? Até um tal presidente, ou era o filho, não sei, parece que já mostrou interesse.

Morria de nojo, al'inítzio, e quem disse que eu conseguia? Era eu ficar ali horas com a pistola apontada e nada, mas bastava o cabrito ir embora e eu tinha que desembestar pro banheiro. Travava, e não importa quanta água eu tomasse. Até o dia que acostumei, aí, nossa, aí eu que me divertia fazendo o mais rápido, pra ver se eles conseguiam mesmo engolir. Bexiga cheiona e eu lá, bela e formosa, mandando vê. Dar conta nem todos davam, mas, xi, ô se tinha os que conseguiam, dependia é muito do nível que já tinham descido na escala humana.

Os lixos, esses são lixo mesmo, eles que pedem pra chamar assim, sabe o que eles às vezes diziam? "Diziam", quê!, dizem, e não é um só não, vários. Qüenda, mona — *Rainha, a honra maior da minha vida seria eu poder beber, diariamente, todo o seu néctar divino, jamais desperdiçar uma gota* (sim, tinha naquela lista ainda o néctar e deve ter alguma outra expressão que eu tô certeza esquecendo, isso fora as novas, que tá pra nascer um povo com imaginação tão sem limites). E é sempre assim, essa baboseira empolada metida à besta. Cai quem quer, porque ali dentro do quarto é rainha pra lá, soberana pra cá, minha dona, deusa, vossa majestade, um faz-de-conta que non finishe mai, ma bota o pezinho pra fora e na hora a vida já, plá, te dá no meião da fuça aquele belo sopapo pra tu largar mão de alicice.

Só que cê entendeu o que eles querem? A coragem, senhor! Sonham em virar privada, uma privada humana, sério, e ô se também pro dois. Tem uns que comem e sequer careta fazem. Tipo aquele escritor, um que cê já me contou que adorava os toletões da esposa, lembra? Era só o peido? Afe. Bom, começam assim, só que se cê der corda, é nisso que a história acaba. Todo modo, eu aqui ouvindo e já esfregando o dedão no indicador pra perguntar *quanto?* Porque, né, que que ganho eu em ter um traste ali pelos cantos, vinte e quatro horas por dia empacando a minha vida. É dinheiro o niente. Fantasia é coisa de rico, cherri. Ou por acaso eu tenho cara de ONG? O engraçado, o trágico, na verdade, é eu só esfregar o dedinho e, adivinha — *Rainha, sabe como é, a crise...* Isso quando, em pagamento, eles ainda não vêm com história de virar escravo sexual. Piada pior que essa, se tché, non la conosco. Escravo sexual, no mariconês, a língua das conas (achou que só travesti tem língua?), escravo sexual o que significa é eu ter que passar o dia comendo aqueles cus frouxos caquéticos, deixando ainda elas me chuparem com aquela boca tenebrosa delas, e tudo isso como se elas tivessem fazendo um favor, não eu vivendo um calvário digno do próprio Cristo. Aqui, ó!

Daí tinha aquele lixo específico que adorava bebericar meu champanhe. Acredita que ele encucou que saía hormônio no mitorô, aí bebia e ficava lá depois, ai, ai, cagando de medo de crescer peitinho, afinar voz. E eu rindo litros, né? Porque quem disse que ele ia deixar de beber? Medo, medo, até tinha, mas hoje o que eu me pergunto é se, por trás dessa paúra toda, não tava uma vontadinha nascosta, um desejo de virar trava. Agora só faltava a gente se entupir de Perlutan e continuar uma tábua e ele, apenas na chuva dourada, já começar a ver os limõezinhos brotando! A chacota, meu pai.

Hormônio tem é no leitinho quente que as conas amam de paixão e, se fosse possível se hormonizar cosi, o que a gente mais veria é as bezerrinhas todas de farol aceso, elas disperatas tendo que esconder o peitinho. Não tem, como chama, sapatão? Homem trans, é? Isso, com aquelas faixas embaixo da blusa que cê fica igual sardinha antes de abrir a lata. Ia virar moda pros pais de família, e ainda eles indo com aquela carona de ué no endócrino, tentar descobrir a causa do desequilíbrio hormonal — *Será o frango do supermercado, doutor? Ah não, não vou nunca mais comer frango, ou só se for o caipira.* Eles fazendo a pêssega, sem contar, poder contar que o que deixou eles assim é gala, litros e litros de gala. Ó uma história que daria livro.

Daí que se não é nem pra gente se divertir com as conas, elas ficando loucas depois, aquela dúvida babado — *ai, nossa, e esse peitinho lindo, digo, horroroso, faço o que agora?!* —, bem, se nem esse prazer a gente pode ter, aí gozar no pegê perquê? Gozar é atraso de vida, só prejuízo pra gata. Na hora, cê pode tá lá na pira, dependendo o cabrito quem for, mas, flor, trabalho é trabalho, não dimenticarlo, conselho de quem tá no ramo há eras. Tê até que ajuda, mas sempre? Louca é que eu não sou a tal ponto. Eu infelizmente escolhi ser póvera, aquilo de testosterona era pra mim não, era de deus não. Relou, pensou o que não devia, pronto, tava lá a trolha quase arrebentando a calcinha da bicha. Comigo foi assim bem um mês, até ir acabando o efeito ou era eu acostumando djá, non lo só, porque lógico que eu ia experimentar o troço. Cê não, jura? Sei não, o sôldi que eu fiz, vish, duvido que uma chancinha pelo menos cê não ia dá.

Mas o azulzinho só e o boy junto, ainda eles abrindo bonitinho a carteira, a força da imaginação taí é exatamente pra isso. Moral da história: pagando bem, jeito a gente acha. Só que isso de atender casal não deu mais pra mim o dia que tava os três lá no motel, climão, o boy (mariconona da pior, só a esposa não via) tentando fazer o lance engrenar veio aproximando eu dela, a testa das duas, pra ver se a gente se beijava, eu já com a neca o mais que possível dura (e nada a ver eu tá gostando... te manca, viado, era só o Viagra fazendo efeito), quando a mapô não me começa a chorar? Uó, mona, ela correu, se trancou no banheiro, começou a escovar forte o dente, tanta força que dava pra escutar fora. Só porque me beijou, ela surtou depois. Isso que nem sonha as imundices que o maridinho dela faz, a boca, a língua dele andando pelo meu corpo, os pontos poucos onde ela não se perdeu. Quer dizer, né, será que resta ainda algum? Éco la domanda que não quer calar. Sinceramente, non mi ricordo nessuno.

E essa boca, língua gosta mesmo é de andar a pé e, detalhe, descalça, pra desbravar bem o gosto daquela fauna e flora que habita os cantinhos mais recônditos del mio corpo, se é que cê tá entendendo. Mente podrerrérrima a dele, embucetava era com as coisas mais sujas. Pé, cu, até o subaco, sim, subaco, ele pedia pra eu ficar sem desodorante o máximo que eu conseguia e depois lambia, chupava, ele didê, eu me contorcendo de cócegas. E quanto pior o aroma, o sabor, mais ele me gostava. Aqueles dias que nem o próprio nariz tá aguentando, o chulé, o cecê, inhaca que cê até tonteia, pronto, nesses é que ele brigava pra sair comigo. Tem um tênis que eu deixo dentro de um saco fechado, lacrado, e tiro pra usar só nesses dias.

Podre é elogio, só bucha pro fedô sair depois, mas a gente aceita por quê? Porque é o dinheiro mais fácil. Não tem que usar neca, não tem que dar praquelas piabinha deles, só deixar eles com a linguona ali se deliciando no vão dos meus dedos, esfregando, esfregando até o meu pezinho ficar limpo outra vez. Limpo, dêr! Limpo uma pinoia, que aquela baba de Chernobil deles eu torço é pra não me causar nenhuma mutação genética. Travesti radioativa, já pensou? Uma nova heroína pra barbarizar Hollywood: ela de escarpã vermelho finíssimo, saltão e tudo, e quando tira discretamente o sapato, misericórdia, um vazamento de radiação babado, todo mundo vesgo, vomitando, sem conseguir respirar, pensando como que aquele futum é possível. Não chega a ser mortal, mas, também, mortal pra quê? Ela não é vilã. E com o abalo que isso já dá, trá, o mundo fica aos pés dela. Travesti, meu bem! Tenho até a indicação perfeita pro papel, a dona do chulé mais mortífero que eu conheço. Quem? Deusa me livre te contar, cê é uó pra guardar segredo, aposto que eu contava e ela ficava era sabendo na hora. Tô nem reclamando, você é assim, ponto, é só uma contastação, uma constasta, isso, cê entendeu.

Antes, onde que eu tava? Ah, sim, a doida lá no banheiro, trancada. Nem tô te dizendo tudo do marido dela, senão quem ia surtar é não só a esposa, mas ó quem também. Guenta, guenta, sei, falar todo mundo fala, mas tá na minha pele, ma bele, aí é que eu queria ver. Você, sendo travesti e ainda puta, é cada coisa que descobre, é como se bem ali na sua fuça fossem ficando nuinhos não só o corpo desses lixos, mas ainda a alma, a alma ainda mais que o corpo, aliás. E só você vendo, eles não, eles sem noção nenhuma do que que tão mostrando. Aí cabe a pergunta: tem como querer continuar sendo da espécie humana depois de todo esse filme de horror que, diariamente, a gente é obrigada a assistir?

Eu ia preferir ser bicho, mil vezes bicho a saber tuto qüelo que hoje io só. Purtrópo, isso non é possíbile. Bichinhos, com eles eu me dou tão bem, nem sei qual que eu queria ser, qual seria mais a minha cara. Uma felina? Fórse a onça do cinquenta arôs? E o da nota de cem, o nome é como que é mesmo? 'Xo ver se tenho uma aqui. Ops, e não é que eu tenho, mais de uma até. Peixinho feio, hein? Garoupa, tá escrito embaixo. Feio mas vale pencas, a cara das conas, não fossem elas tão penosas. Dessas penosas, então, tô farta. Agora, das garoupinhas de papel, quero é um aquário cheio, transbordante, um criadouro delas todinho meu, qüenda! Nossa, como eu viajo fácil. *Terra, Terra, chamando, alô, alô, é a Simona quem fala?* Pronto, voltei, pés no chão.

A mapô que eu tava falando, certo? A que se trancou no banheiro. Bom, daí que essa ser tendo um maridão desses, boca de bueiro e cê já entendeu que é literalmente que eu falo, sujo, sujo, mariconona nojenta, ela vai sentir nojo é justo de mim? Uó, eu que mereço isso não. A boca limpinha que eu tenho, dente tudo escovado, fio dental. Já chupei neca que só Jesus, aquela gorgonzola suíça podre (o famoso "queijinho"), mas isso foi eras atrás, tapava o nariz e ia. Sentia um certo prazer, confesso, o lado submissa falando. Ocó abusado, mandão, adóóuro, desses pra me pôr linda no meu lugar. Alibã, ixe, se fosse ele ainda... eu ali de joelho, só esperando a ordem, e quanto mais humilhada, mais doida da priquita eu ficava.

Limpar pau sujo, aquela surra de neca na cara, garganta profunda, nem respirar direito eu podendo, aí engasgar com a porra, ele gozando sem avisar e, a glória, eu saindo do motel completamente arrombada... batimento, ó, tuc-tuc-tuc, até acelera pensando. Os humilhados serão exaltados, já dizia a Bíblia. O ruim é essas horas eu ficar didê e eles verem nisso um convite, aí virem pra cima aqui da minha neca e, fiuu, a hora justinha que o tesão acaba. A cara deles de "ué" é impagável. Ué, pois é. Uó, isso sim. Deus, Deus, por que me fizestes mulher, se homem já nem mais existe? Quem guenta essa vida, diz, diz.

Mas a vida ensina. Hoje, no carro, se for vício,

o quéti é só se deixar eu dar a esfregadinha do truque antes. Na roupa dele, claro, cueca, bermuda, blusa, pode escolher, e se nem assim tiver dando, ainda gritando o rio Tietê, aí, me dispiatche, vai ter que ser, então, no guanto. Não sendo vício, aí é guanto direto, deixo nem insistirem. Motel devia ser melhor, só mandar pro chuveiro, mas cê acha que eles vão? Quem dera fosse cosi fátile. Cheiro de sabonete estranho, a esposa ia desconfiar, alegam, mas eneaotil, bato o pé, pelo menos a neca na pia ali rapidex, vam', vam', neca é que elas não me vão cheirar, tô errada? As esposas tão é ligadas na podridão, nem ousam, acho até que agradecem se as teteias chegam em casa com seu banhinho tomado. Agradecem a nós, as benditas putas, agradecem com raiva, mas agradecem, porque desde o berço aprenderam a odiar a raça das profissionais, mas, também, faz cota já desistiram desses lixos que chamaram de marido um dia.

A gente sendo só puta, va bene, amante é que as esposinhas não toleram. E quem dera fosse assim simples. Pode dar tchútcho, pode, a que era pra ser só puta vira amante e deixa de cobrar (fora quando não deixa também de lado o guanto... pra que guanto quando os dois se amam, né non?), aí a esposa e ela ainda me entram em guerra e o lixo, saco cheio das duas, vai atrás de outraxxx, porque uma, ou mesmo duas, nunca é o suficiente. Tchioé, todo mundo se lasca, leva bonitão no toba. Por isso o profissionalismo é importante. É sexo que a gente vende? Então, é sexo. Bato nessa tecla sempre, lembrar disso já me livrou de cada B.O. babado.

O duro é quando não é bem sexo o que eles procuram, mas, sim, uma mãe, um divã, ou quando não misturam tudo e querem junto a mãe, a puta e a psicóloga. E nisso de ficar ouvindo, acolhendo, dando conselho, pronto, um pulo pra ela virar a amante, sonhando agora com o lugar de esposa, dona de casa. Eu, ó, tô fora. Rezo à minha santa deise todo dia pra me livrar desse enrosco. Ladrona da maricona delas, madona, tuto o que me faltava... como se a gente fosse um bando de desesperadas. Pior que alice é o que aqui mais tem e eu fico embabascada, afe. Eles vêm, pintam e bordam com a nossa cara, e depois ainda tem viado que cai no cunversê deles, *vou te tirar dessa vida, a gente vai namorar, vai casar,* blá-blá-blá.

Truque, né? Porque o namoro, o casamento mesmo que eles querem vale só no motel. Nem da recepção passa, se é que na recepção já não começa o disfarce, ele pedindo pra essa recém-casada ser mais discreta, *vai que alguém vê. Semana que vem a gente volta a se ver, amor*, ele diz, e capaz que seja até antes, se ele ficar com tesão, ou nunca, se ele cansar dela. Uó. E a pobre puta cada vez mais pobre, porque deixa de cobrar e ainda usa horário de trabalho pra fazer a linha romance. Isso quando, na cama, ela não faz a ativa, isso quando ela ainda não goza, toda inocente achando que só assim pra segurar o traste. É baixa alta estima demais pro meu gosto, ah não.

Os caras sentem tesão nisso de te salvar, verdadeiros heróis, se masturbam no carro dizendo isso pra bicha, ali antes de começar o pegê, e ela tem que segurar a mão deles, segurar sim, ou eles gozam. O problema? Oras, se os trastes tão ainda no carro e gozam, a chance de ficarem com o aqüé é grande. Eles já nunca querem pagar, se isso ainda é sutchésso, aí só piora. Tenho um ódio, vontade de dar tanto na cara deles. Tá pensando o quê? Tenho cara de palhaça agora? Ô se vai pagar, gozou olhando pra mim, gozou tocando em mim, bora abrindo a carteira.

Já viu bicha fazendo a sereia? Nessas horas, é toda uma concentração babadeira, respirar fundo uma vez, duas, quantas for, pra que a Ariel não encarne. Entra metade da travesti no carro, pela janela, ela puxando chave, tentando elzar carteira, celular, só os cambitinho de fora. Eu evito o máximo. Já fiz? Já. Não me orgulho, só não sou hipócrita. Mas comemoro sempre que vejo um esquifoso se lascando assim. Morro de rir. E, se quer saber como termina a história da horrorosa que se trancou no banheiro, quela nojenta esposa da maricona porca boca de esgoto, os dois pagaram bonitinho depois, pagaram até mais, o táxi inclusive, senão iam ver o escândalo. Só que depois dali, nunca mais quis saber de casal.

E, já que tamo no campo das doideiras, deixa eu te contar o ápice comigo qual foi. Lógico que uma cacura, né? Tinha que ser. Eu e ela no hotel, cabamos de entrar no quarto, quando ela cheia de dedos me domanda se eu não ia gostar, quem sabe, de un djoqueto diverso. Tava em Roma, vê-se, quer lugar melhor pra encontrar doido que lá? E o italiano aqui da bicha era a lástima, a época io non capivo quase nula, toda hora pedindo pra ele repetir ou trucando que tinha entendido. Ma aspeta, essa cê desacredita. Elas vêm com essa história de djoqueto diverso eu já penso que esse é irmão desse, aí vem. "Diverso como, amore?" Deixa comigo uma fantasia de médica, pra eu ir vestindo, e se tranca no banheiro, dizendo que volta já. Acho que, sem brincadeira, foi uma hora trancada lá dentro e eu só nem reclamei do tempo porque, enquanto isso, fui mandando ver no frigobar, turva.

A hora que o beleza abriu a porta, madona, pensa a produção do ser! Peruca loira do xingling da esquina, sombra com as cores da paleta todas, o batonzão vermelho, o blush bofetada, e eu ali sem saber se ria ou chorava, tentando bancar a escort profissional. Mas isso nem era o pior, mona, escuta. O pior é que a cona não tava com lingerie, baby-doll, cinta-liga, aquelas roupas bem putas que elas amam usar pra se sentir mulher, mas com uma camisolona básica até o pé, dessas de internação em hospital, sabe? E sabe o que ela falava? *Dotoressa, mi sono rôte le áqüe, é ora, é ora!* Eu turva, tá lembrada, pensando *quê?* Pois é, fiquei sem ação e ela, se adiantando, correu pra cama, deitou virada pra cima e ficou ali respirando afobada, pedindo *aiuto* até que eu fui lá ver o que que era que era que ela tava querendo.

A cacura incorporou mesmo a atriz, suando bicas, disperata, a maquiagem uó toda escorrendo, eu ainda sem entender que história era essa de rompeu água, rompeu água, até ver ela levantando as pernas bem abertonas e fazendo força como se fosse cagar. Ah não, meu senhor, isso não! *Djá si vede la testa, dotoressa, djá se vede la testa?* Ufa, ufa, o véio sofria pra respirar e eu lá cada vez mais incrédula, querendo mas não querendo saber o que que o destino tinha reservado *per me.* Só aí é que eu levantei a parte de baixo da camisolona dele e, mona, não sei se cê me acha muito amarga, se acha que eu pego pesado com as conas, mas o que eu vi ali acho que só eu mesma.

Eu quis morrer. Primeira vez que eu conto essa história aliás, até hoje ela me traumatiza. Eu vi ali o quê? Ai, irmã, lembrar não tá me fazendo bem. Dimênticalo. Eu gosto porque cê me escuta, mas a indaca sai destrambelhada falando, falando e depois sobra pra cabeça da bicha. Pesadelos e mais pesadelos com essa cena, quero isso pra ninguém não. Antes a gente fuma uma taba, aí eu vejo aqui se alivia e dopo te digo o resto, a cena do horror. Se é o que cê quer então, então tá. O gosto por essa coisa mais morbidona, um, não sei, uma atração pela podridão humana, nisso a gente é bem iguais.

E, eita, cabou que aquele babado lá forte, do ocó, como faz pra catar se ele é equê ou o quê, lembra? Esse eu não terminei de contar. Qüenda então o babado, flor. Mas, olha, te digo e repito, às vezes não saber é o melhor que tu faz. Vai vivendo, tão feliz os dois, se ele te parece ocó é o que importa. Só que eu sei como é viado quando encafifa, a dúvida minhocando a cabeça dando ideia errada. Aí tem porque tem que tirar a prova e a única confiável hoje em dia é vou já te dizer.

Na cama, vai apalpando a bunda dele, abraçando, chegando perto com a mão — *seu gostoso!* Se ele for deixando, bom, senta e chora, melhor nem continuar, mas se ele reclamar, calma, que pode ser truque. Eles tão espertos, ainda mais se não for a primeira vez com travesti. Nessa hora, você tem que olhar no olho dele e, bem linha mulher moderna, uma t-gata pós--sexual século xxi, dizer — *que que tem de mais?* Mas espera ele baixar a guarda antes do round dois, senão ele desconfia e a lagarta vorta pro casulo. É como eu te falei, eles tão ligados. E se a ruela dele for larga e ele desconfiar de truque, aí é que se fecha mesmo, aí até se revolta, fica indignada.

O próximo passo é, como quem não quer nada, perguntar se ele nunca teve a vontade, a curiosidade, sei lá, achar um jeito de ir insistindo no assunto — *nunquinha, amor? Nem só pra saber? Eu hein, dar é tão bom...* Faz ele acreditar que cê tá doida, morrendo de vontade de comer o edi dele, mostra o xiri até duro pra ajudar ele a se convencer. Mas é como eu digo, mulher: se cê não precisa saber, por que que cê quer saber? Já quebrei tanto a cara que hoje eu só queria poder voltar no tempo e ainda conseguir me iludir com esses trastes. Você tem tempo, é nova, não se desiludiu tanto.

Se o pau dele ainda fica duro, melhor não ir fuçar o cu frouxo. Mas, se tiver que fuçar, a frase infalível é *se nunca provou, não tem como saber se gosta*, a hora que eles se entregam. Vão tentar ainda te convencer que é só por sua causa que eles tão topando, só porque você quer muito, e aí você finge que sim e tira a bendita prova. Depois que ele deixou, já élvis. Edivaldo não sabe mentir: se o dedinho só já entrou fácil, adeus, vai procurar sua turma, rapaz! Agora se não entrou fácil ou sequer entrou, o problema é de repente ele ter gostado… a gata pode ter inaugurado o viaduto do maridão e, aí, fazer o que depois?

Por isso que eu digo, melhor cê ficar na sua, curtindo sombra e água fresca enquanto a vida permite. Deus me free descobrir que o bofe que eu tô gosta da fruta. Meu negócio é homem homem, das antigas, esses que tão cada vez mais em falta. Se é que ainda existem. Então, pra me poupar de stress, a política que eu tenho adotado é: quer liberar o redondo? Então, paga. O tratamento vai depender do quanto eles tão soltando. Quer beijo na boca? Paga. Quer que eu chame de meu amor? Paga. Quer vestir a minha calcinha? Paga, amor. Amor é palavra maldita, só serve pra fazer bicha sofrer e ficar pobre. Eliminei do meu vocabulário. Já apanhei por amor, já gastei tudo o que eu nem sequer tinha por amor, já abri mão de ser quem eu era por amor, e o que foi que eu ganhei? Ficar sozinha hoje é bênção.

Único macho que ainda gasto dinheiro é o Gardenal, meu vira-latinha, e esse, até ele me veio meio viado. Pareço que atraio! Mas não fico sem viçar, mona, isso não, morro mas não largo o vício. Moro em periferia, o que não falta é cafuçu bem que fica ali rondando, caçando prêmios. Dou a impressão de ser um ser amargo, antissocial, mas, ó, não sei o que é bater bolo sozinha há eras. Duas ou três no mês é a regra, pra não enferrujar, aí se o cabrito final do dia não for bem, é abrir a lista dos contatinhos do bairro e com o primeiro acordado eu já garanto o sono. Mas, epa, que quem bate sou eu, lá ele não é nem doido de relar. Franguinho assado, linda com a pirocona do bofe bem enfiada, dura, dentro do meu edi, aí é ligar a batedeira Walita e ter meus orgasmos múltiplos. Sendo marido das bonitas então, durmo até mais plena. Nesses eu dou leitinho na boca e topo inclusive fazer a ativa, se o brinquedo ficar suficientemente duro.

Te juro, se eu fosse fora do trabalho ativa, minha nossinha, passava o rodo nos equês delas todos. Por quê? Só porque sim. Nem conhecem direito o satanás, já chamam de marido e levam, coitadas, pra se exibir justo no ninho de cobras. O olhar de cobiça das goleguinhas víboras, a língua bifurcada delas mal cabendo na boca, preparando o bote. Rá! O capeta sabe pra quem aparece. Dá confiança pra lixo, é nisso que dá. São malévolas, não perdoam um, e eu aprendi foi da pior forma.

Lembro como se hoje fosse. Eu já com os meus bons anos de trava, uns nem sei quantos litrinhos de barra mil, peito, nariz, tchoé, plena, belíssima, mas ainda não sabia as delícias de tá de mão dada assim, em público, com um boy meu. Ali eu era pela prima volta assumida. O ocó belíssimo, cabeludinho, barbão, estilo largado, bem o jeito que eu gosto, querendo fazer faculdade, e não era UniEsquina, bicha, era uma dessas metida a besta. Soa familiar? O sonho dele era ser escritor e o poema que ele fez pra mim, hoje, décadas depois, eu ainda sei de cor ele inteiro. Já que cê gosta de coisas cultas, esse a senhora vai gostar.

Quer ouvir? Ó lá, se eu tiver sendo uó diz, hein? Se tem coisa que odeio é falar pra quem não quer ouvir, e também falsidade. Comigo não! Odeio, odeio. Quer mesmo, então? Sabia que ia querer. Aí cê me diz se é exagero. Lá vai.

Era uma vez a mulher
que não nasceu de buceta.

Enfiou buceta no meio de um poema, e ainda de travesti, ora veja. Risos! E ele segue:

Mandaram ela ser homem,
mas ela pôs na buceta,

Ops, *cabeça*, errei, ê essa cabeça minha. Então,

mas ela pôs na cabeça,

Isso, cabeça,

que um pedacinho de carne
a mais no meio das pernas
não é motivo o bastante
pra não ser o que ela era.

Tá acompanhando? Eu sou péssima lendo poesia, ainda me embananei toda, mas acho que já dá pra catar o golpe. A alice aqui demorou seu bom tanto até a ficha cair. Tem mais, sim, observa.

Aquele pedaço, aliás,
a tornava ainda mais bela:
jamais se envergonharia
por não ser conforme à regra.

Vê se pode... podre demais! No poema é lindo, mas não deixa de ser podre. Ali eu ainda era nova, aí caí igual patinho nessa conversa de não envergonhar, pedaço bonito, edicetra. Que cê acha que ele queria, hein? Tá na cara. Qualquer forma, o restante é mesmo babado.

E se queriam ela morta,
pra se livrar da beleza
que todos que a viam viam,
então viessem pra guerra.

Guerra, bicha! A Mário, as Mários, aliás, ai se elas vissem um poema assim, afe. Vinte, deu já vinte anos que a gente se conhece, então? Pronto, e até hoje não esqueci niente, mesmo com as cachorradas todas que depois, ô se fez. Vem defender não, o falecido, santo é que ele não era.

A poesia é dele próprio e o papel que ele me deu com ela escrita, a letra toda desenhadinha, levo comigo onde eu for. Papel rodado, conhece todo o Brasil, além de diversos países da Europa. Quase que me roubaram uma vez, mas o cão que veio fuçar secretamente as minhas coisas (atrás dele, sim, na zona esse poema é luxo, quem delas que já ganhou um igual?), hoje tem bons motivos pra acreditar que o roubo é uma atitude que não compensa. Queria o poema porque tava de ojum adivinha em quem. A coceirinha nesse osso posterior que liga, ó, o braço ao antebraço tem causado a ruína de muitas, dessa em especial.

Ela suportava me ver feliz? Eu nem outra qualcuna. Mona, te juro, travesti só se faz. Veio com a maior carona de doce me dar parabéns pelo bofe, *puxa, bicha, abalou*, mas dentro as maquinações de como me passar rasteira rolando soltas. O puro recalque. E não bastasse, ainda foi ela, bem ela, a primeira a me dizer *cuidado*, a primeira a falar que ali, literalmente, era todas competindo pra ver quem que furava o olho uma da outra antes. Primeira porque não foi a única, bom dizer. Ou seja, todas ali unidas no mesmíssimo propósito de espalhar infelicidade pela face da Terra.

Ser do contra é o que dá sentido pra existência delas, sem ter quizila na vida, sem a calabresinha que elas amam botar no edivaldo alheio, é como se viver servisse mesmo pra quê, né? Né. Falta o bendito motivo, falta e elas, até que encontrem uma boa pra atazanar, desesperam. Pensa que eu não notei a forma que ela olhava o meu boy, meeu boy, o próprio lugar onde os olhões gordos dela foram parar assim que ele entrou na sala? Parecia que ela ali ia ficar didê, ainda hoje eu fico horrorizada lembrando. Eu na inocência ainda agradeci o conselho, achando que era a minha amiga. Amiga nesse meio é tudo que non tché. Amiga, então, neca, mas amarga em contrapartida, ixe! Seres sem luz sempre improvisando pra poder surfar na onda e no brilho da bonitinha ao lado.

E eu me compadeço da situação, sem tiração, porque isso é doença delas, só pode. A desgraceira que deve ser a vida de alguém pra elas se comportarem assim, consigo nem imaginar. Agora, isso por um lado. O outro é: quem que tem que aguentar essa patifaria é moazinha aqui, jê, iô, eu, io, ai? Mona, pelamor, óvio que não. A gente vai aturando, paciência vai saturando e, quando menos vê, do nada a gigi já chamou ela pra dançar aquele chá-chá-chá nervoso. Qual gigi? Rá! Agora nem tanto, mas antes, alta madrugada, só deus e você na rua, a gigi é que te salvava dum doce, dum abuso. Mesmo sem usar, só de saber que ela tava ali de butuca, na gengiva, aguardando a hora, já te dava a paz pra você ir fazer seu show, ir batalhar o aqüé de todo santo dia. Amém.

Lixos sequer sonhavam que quando a gente tava lá levando umbigada na testa, bolada no queixo, cabeçada no céu da boca, pertinho do mastruço deles tava a gigi pronta pro quelequequê, doida pra cortar pela raiz qualquer close errado. Se sonhassem, pensa! Mas nunca usei assim não, não com cli, quer dizer. Já essa que tentou me quebrar as pernas (só tentou, porque conseguir, aí são outros quinhentos), essa ainda vai lembrar de mim cada vez que se olhar no espelho. Não quis embucetar comigo? Pois taí a buceta bem na carona de pau dela. E tem o lado positivo sim, que assim só o que resta é ela se aceitar, aí não gasta esse tempo todo no espelho se embonecando, quer dizer, tentando, porque tá pra nascer quem que pareça mais satanás! Travesti quando dá pra ser feia, não é só meia que ela fica, não, é inteira. A começar pela alma. Tudo espelhando a total falta de caráter do ser. Acha que eu fico feliz dizendo essas coisas da minha raça?

E, quer saber, já que descambou pro escabroso outra vez, vou te contar logo o fim daquela cacura, em Roma. Mas respira, mas se prepara. *Já si vede la testa, já si vede la testa*, lembra que ela dizia? Deitada na cama, a camisolona de hospital com o suor ensopada, e eu sem saber se era tesão ou tensão, até descobrir que era métzo a métzo, era mesmo os dois. Menina, ele não enfiou uma boneca dessas tamanho real inteira dentro do próprio edi? Foi! Queria sentir como seria um parto, aí cabeça, ombro meio que já saindo, quando a boneca empaca e, empapando a cama, veio a lambança toda.

Eu desesperada, né? Porque eu que não ia tocar ali, vai que ela não fez a chuca, fora essa sangueira toda e as mil doenças que esses doidos têm. E a cacura até então didê, mona. O peruzinho dela, qüenda o tamanho, perdia pro meu mindinho, mas didê, ou seja, até a boneca empacar, amando ela tava. Fiquei desesperada olhando, tentando manter ela calma, dizendo *estai calma*, pensando se ela me morre o que eu faço. Quase que saí correndo, eu sem documento algum, eu travesti brasileira na Itália, já me imaginando algemada, arrastada dali por um alibã belíssimo, másculo, ele roçando a barba na minha orelha, dizendo que à noite ia me visitar na cela... a louca! E enquanto isso a cacura toda agitada falando, apontando sabe-se o quê, e eu aham, aham, entendendo bulhufas, torcendo só pra ela não desmaiar, nem eu.

Por fim, peguei uma toalha grossa, respirei fundo e fui mexendo, remexendo a boneca, até a mãozinha dela soltar. Tinha enganchado uma prega, única que ele ainda tinha, e, no nervosismo, a chuca (se é que ele tinha feito) ainda me venceu e o bebê nasceu nadando em salsa pomodoro e tchiocolato. Era o Inferno de Dante sem tirar nem pôr, lava guspida pra tudo que é lado e a bocona aberta do vulcão parecendo que eu ia ser engolida. Dio mio, aiuto! A sorte é que era, não uma baby alive, mas uma dessas mais normalzinhas. Porque ela, se saísse do edi engatinhando no meio daquela lambrequeira, chorando, dizendo *vólho la mama*, juro que eu desmaiava. Imagina a cacura pegando ela toda ensanguentada, embostada no colo e dando aqueles peitos falsos de sex shop pra ela mamar, *súquia, tesoro, súquia*.

E podia ser pior? Ô! Pensa se não dá certo o parto normal, aí lá vão as duas voadas pro hospital atrás de uma cesárea, eu tendo que explicar pro dotôre no italiano dei mei prími djôrni que essa sinhora barbata de perruca e aventale aveva una boneca (boneca era come mesmo?... boneca, boneca... ah sim, bambola), aveva una bambola dentro del culo e o parto nel hotel non é sutchésso como ela aspetava. Ufa, disso pelo menos ela me poupou. E, bom, depois dessa, a tarrasqueta da cacura acho que nem mais fecha, agora só com tampa. Se era o objetivo, meu bem, congratulatziôni! Viu por que eu não queria contar? Agora o problema é teu, cê que se vire pra dormir depois, não ter pesadelos.

Ah, tá de boa? Nada disso te espanta? Sabia, cê é a pior. Te conheci cê se dizendo virgem, um parto pra lassear esse édi, aí acreditei, e qüenda agora, a própria Marquês de Sade. Nem tanto, é? Só te xoxando, gata, calma. A doida do sadomasô aqui soi iô. E, ó, já que cê quer se lançar, pegê, puta pra valer, o aqüé que esse povo paga é o pio babado, viu? Se eu fosse você, pedia uma aulinha pra Simona, a profe mais pós-especialista em perversões sórdidas. Topa? Pronta pro beabá?

Primeira lição, então, já toma nota: fantasia é a chave. E nada a ver roupa, coisa que costumam confundir muito. Cê pode tá de pijama, pelada ou naquele figurino de látex coladérrimo, corpo todinho coberto, a mulher-gato em pessoa, mas pra dominação real, rá, o que importa é se cê vai trazer ele no cabresto ou se ele ali de coleira, algema e mais sei nem o quê, ainda assim o babado quem vai conduzir é ele. Mona, prestenção: dominatrix dominatrix mesmo, tem apenas dois jeitos de você ser. Uma é a que faz por gosto, nada de aqüé envolvido ou, no máximo, ela exigindo uns tributinhos, mimos, pra mostrar que pode. Dinheiro é poder? Pois. Mas, quando ele vira o foco, o povo aquele mais quadradão, litúrgico que chama, aí eles torcem o nariz. Domme desse jeito, cê é que se adequa a ela. Tem um Facebook só pra essas doidices, sabe? Fetlife, mas depois cê busca.

O que dá pra encontrar ali, socorro. É um grupo pior que o outro, os nomes, só pelos nomes cê já desespera. Sério, fetiche médico, e não é roupinha de enfermeira, mona, o povo pira é com bisturi, sonda, injeção, só coisa hard, aí tem os do scat (a coisa lá da privada), fisting também bastante, sem contar prolapso, o tal botão de rosa que eles amam pencas. E esse, se cê não catou, sua saúde mental agradece. Mas o mais fora da caixinha que eu vi foi lixo querendo cortar o pirulito fora. Cortar, sim, shak! Se existe? E eu já num vi um assim? Vi até ele sem o bilau gozar. Eu apertando as bolinhas dele (isso ele não cortou), enquanto eu xingava, humilhava, dizia as coisas mais violentas (eles amam), juro que foi só isso e o leite jorrava pelo buraquinho. Eu incrédula, né, porque, como? Se arrependeu nada, ele adorava se exibir assim.

Eunuco voltou a ser moda, mulher, e nenhum deles é trans, travesti, nada a ver, só não querem mais a minhoquinha balangando lá embaixo. Uns querem tirar só o saco (dizem que vem uma paz depois, não tem mais aquele tesão, as coisas malucas que eles têm vontade), outros aí é só o pau, mas muitos querem se livrar logo dos dois, ficar sem nadinha, neca de pitibiribas. Pencas sonham com isso, mas coragem que é bom, poucos. Ainda bem, né? Até porque é difícil de realizar, imagina achar alguém doido o suficiente ou um ser que pelo menos não te deixe morto. Como não tem como, apelam pra imaginação.

A fantasia que eu te falei, lembra? Vai ter aquela conversa prévia entre vocês dois, se possível por escrito, pra ficar anotadinho tudo o que ele te disser. A mente do coiso ali é pra escarafuçar, ver aonde é que ela chega. E cê sempre jogando um verde. Se ele te disser A, manda um A mais B só pra ver a reação, porque eles não conseguem dizer de cara o que querem, ninanão, e o sonho deles é irem dando umas pistas e verem você pegar a deixa e completar sozinha a fantasia, aí sim. Quando isso acontece, eles ficam loucos e, depois de um tempo, é eles começarem a falar e a musa já cata onde a conversa acaba. Mas isso é o tipo de dominatrix dois, o meu, aquela que até gosta da coisa, opa, mas nunca a ponto de fazer de graça.

Eu, o dia que tiver a vida resolvida, quem sabe não brinco assim só, sem cobrar. Até lá, limpar a conta desses miseráveis é o que mais me excita. É fetiche também, oras: findom, dominação financeira. E cê vai cair morta e sepultada quando souber que cada vez vem mais lixo me dizer que gosta. Mas a maioria, infelizmente, é papo. O cara quer ser moneyslave, ter rainha que controle a vida dele toda, o aqüê inclusive, mas pergunta quanto que ele tem na conta? Conta, que conta? Dai-me paciência, Senhor. Daí então tem tanto o que sonha em perder o pinguelo, fiu, quanto o que delira com a conta bancária arruinada, zeradinha.

Sonhos, tudo sonhos. Raro o que consegue dar os passos finais, mexer os pauzinhos pra aquilo sair só da cabeça dele. E, bom, mas nisso já dá pra ver um padrão, não? Ou seja, aquilo que martelam na testa de loro que é mais valioso, orgulho de todo ocó que se preze, e, na hora do vamovê, o que mais deixa loro didê é justo perder tuto qüesto. Loro? Bicha é curtura, mona, anota mais essa aí: loro é "eles" em italiano, e não tem paróla mais apropriada. E são bem o pior tipo de papagaio — aprendem lá cedo que homem tem que ter pintão e dindim na mão, além, lógico, daquele mulherão belíssimo ao lado deles todo, ou melhor, toda, né?, toda plastificada.

Só um parênteses: palavra engraçada essa, mulherão. A musa faz o diabo, mil e uma operações, pra no final o elogio tascar um masculino nela... deusa me livre, parece ou não sina de travesti? E as cis, quanto mais pintam e bordam na mesa de cirurgia, mais o povo fica achando que, na verdade, elas são cis coisíssima nenhuma, não, são é travestis. Vrá! O medo que elas têm disso, eu morro. O mundo não gira, ele capota. Risco que se corre, cherri. Selavi. A gente é já o contrário, quanto menos mexe, mais fica achando que ainda tá trê masculã. Pela minha experiência, sempre tem o que melhorar, só procurar bem. Se eu tivesse o aqüé, juro, quebrava era o corpo todinho. Natural ia ser só o meu DNA e olhe lá, aquela bonequinha de porcelana imune à ação do tempo. Eterna. As vovós todas me invejando e eu, mesma idade delas, fazendo os bofinhos como se não houvesse amanhã. Ai, ai.

Eles com aqueles sonhos lá deles e eu aqui perdendo o sono com medo de ficar velha. E isso porque eu sou belíssima, imagina as mais desprovidas de encantos. Mas era ocó, lá que eu tava antes desse parênteses, certo? Então, mal eles nascem e já vão aprendendo que tuto o que importa é a minhocona no meio das pernas, a bufunfa no bolso e, de mão dada com eles, aquela mulher biônica saída dum hentai direto. Eita, esses vídeos de hentai... primeira vez que eu vi, afe, achei que era tiração. Vai dizer que isso é pornô? O que faltava! Mas aí, toda vez que eu dava Google num vídeo pra bater rapidinho um bolo, lá vinha a bendita propaganda e cê tinha que ficar trinta segundos vendo o pau comer em versão desenho animado. A mente dava até tchutcho, né? A ponto de, às vezes, passar os trinta segundos e eu lá, tentando entender o que levaria um ser a clicar nesse negócio.

E o motivo tava na cara. O necão quilométrico sempre duro, maior quase que o dono, entrando numa jovenzinha frágil, indefesa, a gente nunca sabendo direito se ela tá gozando ou esperneando de dor, e a priquita da menina, mínima, triplicando, quatruplicando de tamanho toda vez que entra lá dentro a neca.

Uma gota de sangue pra contar história não tinha, fissura, assadura, nada, e que flacidez, mona! Pensa se travestir fosse assim. Era tesão que eu sentia nada, era tipo hipnose. Mas agora, é tanta coisa que eu já vivi que até acho que entendo o que leva um troço desses a fazer sucesso. Porque, se propaganda tem, não deve é faltar quem veja.

Razões, entonces. Primeiro, a coisa que não acaba nunca, ali ninguém cansa, a metelância é sem fim. Além disso, o pau que fica todo o tempo didê, e talvez esse seja até o ponto antes de todos. Bom, daí também o limite, quer dizer, a falta de limite, porque o corpo da mulher regaça inteiro com o trambolho dentro, mas é sair e volta tudo ao normal, ela apertadinha igual antes, virgem. Superpoderes, meu bem, guarda essa elasticidade odara! Tem quem queira voar, escalar paredes, olhar de raio X, laser, nem sei mais, mas, se oferecem pros ocós, quer voar ou ter um pinto imbrochável de, precisa nem exagerar, uns vinte centimetrinhos e pouco, cê acha que eles escolhiam o quê? O que o quê! Tenho nem dúvida.

Agora, essa pressão toda, a expectativa, quem guenta? Porque é uma obsessão, cabeça pifando pensando nisso, mas um pau desses ou cê nasce com ele ou esquece. Um cli que eu atendia, adivinha onde? Roma, exato, ele que me abriu os olhos. O cara era tão, mas tão ciumento que mulher alguma aturava. Foram sessões e sessões até ele, enfim, perceber a questão central: o ciúmes que ele sentia era tão babadeiro quanto o tesão em se imaginar corno. Corno, explorado por uma megera oportunista com olhos só pra dinheirama dele, uma megera que risse do tamanico de neca que ele inventou de ter. Cuckold isso aí é, fantasia que hoje os ocós, crocos em especial, mais amam.

Rá, e sabe quem essa palavra lembra? Um grandão da nossa literatura, chuta. Pensa em ninguém, como? O cara escreve livro do chifre que ele levou do bést, tudo nos mínimos detalhes, e ele ainda criando o filho do outro, o comedor, ó, isso é o que metade dos meus clis sonham. Outro lá da listinha do vestibular, tinha total esquecido. Porque o livro ou é corno ou gay, né? História mal contada da porra essa do Escobar, óvio que tinha um xaxo entre os dois, um ciúmes. Aquela cena apalpando o bração musculoso dele e vindo com equê que sentiu inveja? Inveja, cê jura. Na minha terra, a palavra é outra. A Capitu pagou o pato, coitada. E eu duvide-o-dó que ocó hétero, padrão, conseguiria tirar da cartola um troço desses, descarado assim. Um tio meu falava que, na infância, ele e um amiguinho se escondiam no quintal e um ficava pegando o pinguelo do outro, o outro do um, batiam bolo juntinhos, lambidinha aqui, esfregadinha ali, aqueles risos de nervoso e cê imagina. Ele dizia que o edi, erê tem que dar pelo menos duas vezes, só assim pra ter certeza se gosta. Quis dar mais, lascou-se. Aí que, depois de adulto, nunca mais teve essas vontades, mas a experiência teve, né? A vivência, aquelas duas vezinhas. Só se o Machado foi também cosi. Conto gay dele no *Amor maldito*, a antologia que eu te contei, tem.

Se tava o seu Rosa na lista? Capaz, com esse nominho ainda. Ma confesso que nunca li. Essas mais novas eu não ia muito com a cara, gostava é das antigonas. Daí uma nada a ver, das jurássicas, que tava também, certeza, era a virgem dos lábios de mel, com o picu mais negro que a asa da graúna e que batendo no edi o quê, a bicha fazia ele ir até o pé. E era humano, nem tchaka tinha na época. Mais travesti que Iracema? Quanta bicha índia não escolhe justo esse nome e o povo achando que é à toa. Inspiração delas, mulher. E sabe o que me encafifa? A bicha morre no parto, ok, daí fica o indinho lá, Peri, e o português 'squeci-o-nome, os dois sozinhos pra cuidar do curuminzim... catou o babado? Um casal homossexuellen inter-racial já na origem do Brasil, morta! Pra mona entendedora, meia palavra basta. Mas deu, chega. Cê bota travestis pra ler, aí paresque tudo tá falando delas... precisa nem ser literatura GLTTB-plus-pós-vxyz ninanão.

Ah! E essa sigla todo dia aumentando, hã? Mona, dá um faniquito, cê não faz ideia. E pra quê, se B e S já mais que resolvia? O B básico de Bicha, pras travestis e os frescos, aí o S de Sapatão, pras cola-velcro e as monocós. Essas nem lá nem cá, as metá-metá, que que tem que ter letra? A hora que decidirem, pronto. BS, dificoltá zero. Ou traz o GLS de volta. E, ó, vem com essa de todes pra cima de moá não. É tudo feminino, gênero neutro pra travesti é isso. Masculino é pra ocó hétero, homão com agá maiúsculo, coisa cada vez mais rara, ou só pra gente ficar se xoxando. *Quer ser travesti com esse bracinho de estivador? Toma vergonha, rapá, vai dar um neto pra tua mãe!* A imaginação delas nessas horas, cê viu o quanto elas são podres.

Mas, ó, voltando pro cuckold, era o cuckold que a gente tava. Então, cortar fora a criança, como ainda era sonho longínquo, o que não faltava era punição pelo mau comportamento dela. Cinto de castidade foi o começo, aquele medieval, metalzão pesado, e na Europa tem até sob medida, o tamanho exato da piroquinha deles. Povo do fetiche é babado, eu falo. Cada brinquedo caro, gastam que é uma beleza. A chave, olha onde é que andava, penduradinha no colar da Deusa. Dava pra ele viver normal, lavar, ir pra lá e pra cá sem ninguém nem tchum, tirava só pra aeroporto ou quando tinha que entrar em banco. Eu que tirava, claro, mas não era assim, ele *quero tirar*, e eu *ah tá, toma a chave*. Além da multa (tinha multa pra ele poder tirar, senão qual a graça? A ideia era viver preso na gaiolinha, sem poder escapulir nunca se eu não autorizasse), então, além da multa, tinha ainda o ballbusting.

Chute no saco, bem dado, chute com a minha força máxima e eu sou travesti, né? Não é chutinho de amapô, olha essa perna, irmã. Doía no bolso, mas também nas bolas, pá, quase rebento as coitadas, tudo pra ele perceber que o melhor era ficar na gaiolinha mesmo. Todo um treinamento mental pra ele conseguir deixar a pernoca aberta e nem tentar proteger. A gente entra na mente deles, lavagem cerebral pior que a de igreja evangélica. E foi tanto tempo com a minhoquinha trancada, que no final nem dura ela ficava mais. O sonho da vida dele se realizando, brocha completamente e nas mãos de uma Deusa maquiavélica.

Mas ele queria casar, o vinte e quatro por sete, sabe? Eu podendo ter os amantes que quisesse, trazendo só o chup-chup de corno pra ele beber depois, se empanturrar (chup-chup é o guanto usado, meu bem... e, tivesse cheque, ia é com cheque, o gostinho da Dona junto do leite do ocó que me comesse). Isso ou mandava ele me limpar se eles leitassem dentro, o Toddy já saindo aí prontinho do édi. O lixo era italiano, cartão e tudo ele ia me dar, casa, mas era muito parafuso a menos, não? Sem contar que a alice aqui ainda sonhava com príncipe encantado modelo Disney. Al'inítzio, eu era a dominatrix e só, mas com o tempo ele quis que eu virasse esposa. Vinte e quatro horas por dia eu vivendo com uma latrina de rodoviária dessas... sem poder sair da fantasia, detalhe. Nem colocada tava tendo como. Zé-finir. Era isso ou, cê jura, hoje eu tava no hospício. Mas nada de mão na frente e outra atrás, os regalos do paizinho, tipo as minhas Gucci, as minhas Prada, eu que não ia abrir mão.

Cê ia querer tentar? Rá, só você. Eu achando que isso ia te deixar chocada e a gata fazendo planos. Irmã, eu que amo fare la padrona não dei conta, imagina a senhora. Dominatruque serve pra sessão avulsa, umas horinhas e olhe lá, agora eu quero ver viver a personagem. Em lance de dominação, ou cê sente um puta tesão ou melhor nem descer pro play. É teatro? É, mas sem o prazer de bater, de humilhar, ainda mais com essa coisa milituda sua, toda cheia de dedos, *ai, isso é feio, isso é preconceito*, até parece que ia dar certo. Tô mentindo? Tô te "subestimando", passada... aula top de perversões com a Mistress Simona e a bicha catou foi niente. Melhor a gente mudar de assunto.

O poema, afe. Cabou que eu li e dele cê não deu um pio. Todo ele sonoro, né, umas frases que, ainda hoje, eu fico besta. Porque até onde eu sei era um ocó ali, eu devia pelo menos ter desconfiado... como é que ele entende e fala assim tão bem da vida de uma boneca, os closes de beleza, o afronte, o povo se revoltando vindo pra cima e a gente, ainda assim, sem baixar a cabeça. Podem dizer o que for, podem fazer o que for, travesti que é travesti não deita. Juntar, juntar, uma apoiando a outra, acho que é mesmo só nessa hora. É uma que lá embaixo grita, vem o enxame de bicha atrás dela, todas prontas pro atraque. Como diria a outra: pelos poderes da travesti! E uma saca a gigi, outra puxa a ivete, aí spray de pimenta, arma de choque, e, se faltar tudo isso, é o que tiver na mão. Filete de sangue escorrendo da tijolada na testa, tufo de cabelo arrancado, o carro inteiro estourado, e pensa que a gente para? Nada.

E acho é pouco. Se ela tá batendo, o que eu sei é que não foi de graça. Quantas têm psicológico pra aturar esse dia a dia de tiração? Lixo que passa de carro e joga na nossa fuça o extintor, o cabelo uó depois, duro, saco de mijo, tomate, ovo podre, ovo de pata (ô, ovo de pata... aquilo, se te acerta, mulher, parece até tiro), aí pedra também, zum, jogam sem dó, e imagina acertar o silicone da mona, ela deformada, fora as rasteiras e golpes que o pegê ainda nos traz. Dois no carro é batata, nem perto chego. E cê tem sorte de uma tá te passando o texto, pois muitas é na hora que vão descobrir o doce, quando aí já pode ser tarde. Várias vão pro revide, cansam, e eu vou dizer o quê? Que ela fez mal?

Pôr pra tocar um louvor, volume máximo, a vizinhança junto escutando, e se aquebrantar sobre o olhar de deus é bem, aquela choradeira babadeira que limpa que é uma beleza a alma, a travesti aí volta novinha em folha, mas isso é pras que têm deus, as que ainda sabem chorar. Hoje eu já não consigo, sequei. Abro a boca e não vem oração. Coração, de tanto apanhar, virou pedra, e dá-lhe bem essa pedra na cabeça de quem cruzar meu caminho. É guerra, como cantou o poema, lembra? Aliás, deixa eu te mostrar ele aqui. Trago comigo não, é foto no celular, só guarda rapidinho.

à Simone, com quem aprendi o amor
e as primeiras palavras do bajubá

Era uma vez a mulher
que não nasceu de buceta:
mandaram ela ser homem,
mas ela pôs na cabeça
que um pedacinho de carne
a mais no meio das pernas
não é motivo o bastante
pra não ser o que ela era.
Aquele pedaço, aliás,
a tornava ainda mais bela,
jamais se envergonharia
por não ser conforme à regra.
E, se queriam-na morta,
pra se livrar da beleza
que todos que a viam viam,
então viessem pra guerra.

amaromar

[03/12/2000
feliz aniversário!]

Afe, tá escrito "Simone" ali, nem lembrava... cê me conheceu assim? Li o papel tantas vezes, nem percebia mais esse "ezinho" no lugar do "a". Quase igual, né? Nada. Isso foi antes de eu ir pra Europa, às vezes a vida te tira na caruda. Seis, sete anos, eu ainda bambina, um projeto de travestizinha só, e era obsessionada pela Simone. Mamãe ligava o radinho e eu ficava ali horas no espelho dublando, aquela cabeleira dela, eu enrolando a toalha na cabeça pra imitar. Meu sonho era um cabelãozão desses, maior quase que euzinha inteira. O nome dela também, meio igual o meu, ô se tinha a ver.

Daí que de tanta pala que eu dei, uma hora veio a perseguição. Fui proibida de escutar Simone, acredita? Não só ela, mas ela é o que mais doía. Eu cantava baixinho pra não dimenticar a letra, aí aquilo de *teer me rebelaado, teer sobrevivido, teer virado a mesa, teer me conhecidoo* parecia que falava de mim e, quando infine eu desabrochei, mulher, o nome tinha que ser justo esse. *Coomeçar de noovo*! A gente acha, só acha, que escolhe o nome, mas ele é que olha pra gente e diz *ei, você*, e, se cê olha de volta, fudeu.

Agora imagina a minha cara a hora que eu desembarquei, anos depois, na Itália e descobri que lá, il paese que escolhi per quiamare mío, eu italianisssíssima, lá Simone é nome de ocó. Ocó. Cabelo batendo no cu, a pio bela transex del Brasile e sinhôre Simone pra cá, sinhôre Simone pra lá e eu *o quê?* A Itália que diziam ser tão respeitosa com as monas, pois comigo fez a linha podre. Pior foi as cães só me contarem qüesto una setimana dopo, xoxação rolando forte e eu, que nemeno parlava a língua, tendo que aceitar calada. Travesti é o capeta na terra, te falei e provei. E se eu já tivesse o nome no documento, pensa aí eu outra vez tendo que mudar tudo. Por sorte a preguiça reinou, burocracia demais pro meu gosto, aí botei foi só um "azinho" no lugar do "e" pra falar e virei a afrontosa, a mais que abusada, a tantas vezes tirana, a jamais iludida, babadeira sempre, Simona.

Conversa tá boa, mas, ó, viu aquele carro preto, insufilm? Acho que é um que eu já fiz. Se for, tá garantido o vinte e hoje deu. Terceira ou quarta que ele passou só agora, bem a cara dessas mariconas. Sabem de cor os buracos da rua, já vão desviando sem nem precisar olhar. Ficam caçando, caçando horas, altas voltas no bairro atrás de carne nova ou alguma neca específica. É neca, sempre neca que elas tão atrás, pedem pra ver aqui na rua mesmo, nem descer do carro elas descem, e querem tocar, ver se fica dura, saber se goza. E cê pode ser a mais caricata machuda, se tiver necão vai bater porta pencas. Parece que é aquele meu mesmo, tá me chamando. Vai ser só mais esse pegê e nem te pio. Tô morta, gata. Cê fica? Então, aqüenda uma taba odara pra esse frio e pra não estressar com as mariconas. Bom te ver, axé!

ESTA OBRA FOI COMPOSTA PELA SPRESS EM MERIDIEN E IMPRESSA EM
OFSETE PELA GRÁFICA BARTIRA SOBRE PAPEL PÓLEN BOLD DA SUZANO S.A.
PARA A EDITORA SCHWARCZ EM SETEMBRO DE 2024

A marca FSC® é a garantia de que a madeira utilizada na fabricação do papel deste livro provém de florestas que foram gerenciadas de maneira ambientalmente correta, socialmente justa e economicamente viável, além de outras fontes de origem controlada.